W0380766

COLLECTION FOLIO

Marie Nimier

Anatomie d'un chœur

Gallimard

© Éditions Gallimard, 1990.

Marie Nimier est née par un mois d'août torride à l'hôpital Saint-Antoine, Paris XIIe. Elle commence à quinze ans une carrière chaotique de comédienne et de chanteuse, participe aux créations théâtrales et musicales du Palais des Merveilles, des Morosophes, de Pandemonium and the Dragon Fly (aux Etats-Unis) et des Inconsolables. Elle aime se promener dans les ports, les gares, les jardins publics, les marais salants, les îles, et surtout rester de longues heures enfermée, assise à une table de travail, loin.

Elle écrit à la main et joue de l'accordéon diatonique.

Elle a déjà publié quatre romans : *Sirène* en 1985 (couronné par l'Académie française et la Société des Gens de Lettres), *La girafe* en 1987, *Anatomie d'un chœur* en 1990, *L'hypnotisme à la portée de tous* en 1992, ainsi qu'un monologue théâtral, *Mina Prish* (dans *Le voyage à l'Est*, 1990, Balland/Maison des écrivains).

Pour Agnès, Danielle et Claude
A Michel.

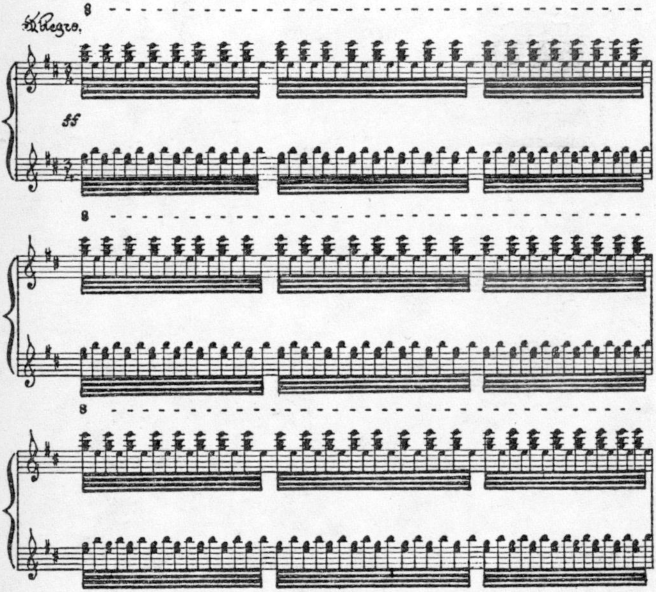

Charles-Valentin Morhange, dit Alkan

(1813. 1888)

Le compositeur Charles-Valentin Morhange, dit Alkan, fut enterré le 1er avril 1888 au cimetière juif de Montmartre. Quatre personnes assistaient à la cérémonie.

Sa musique resta parfaitement ignorée, seules les circonstances de son décès connurent les faveurs du public : sa bibliothèque s'était écroulée sur lui alors qu'il essayait d'atteindre un volume du Talmud. L'homme avait été retrouvé au matin, gisant parmi les livres. Pour couronner le tout, son œuvre fut qualifiée de foisonnante et bancale par un chroniqueur xénophobe — mais patenté — de l'époque. « Un salmigondis d'or, de breloques et de vieux outils », concluait-il, pensant mettre un point final à ce déluge de notes trop audacieuses à son goût.

Cent ans plus tard, Alkan resurgit des oubliettes comme un diable de sa boîte. Les mélomanes en quête d'exhumation se réjouissaient : l'église Saint-Léonard affichait salle comble à la présentation de sa Marche funèbre pour la Mort d'un Nénuphar, œuvre chorale donnée sous la direction de son arrière-petit-fils, Thomas Morhange.

Le concert allait bientôt commencer. Dans la sacristie, Thomas attendait avec ses choristes le signal des organisateurs. Il lui semblait sortir d'un long tunnel, les dernières semaines de travail avaient été épuisantes. Il rajusta son nœud papillon. Le benjamin des basses, Noé, vint lui offrir une pastille contre la toux. « Tu rentreras le premier, dit Thomas en remerciant l'adolescent, ça nous portera bonheur. »

Sa voix tremblait. Noé sentit son émotion, il glissa sa main dans celle du chef. C'était un geste d'enfant, Thomas sourit. Au même instant il croisa le regard de Nouche, la mère de Noé. Elle desserra d'un cran la ceinture de sa jupe, secoua ses boucles brunes, se parfuma. Une odeur de pomme artificielle envahit la pièce. Le visage de Thomas s'empourpra. Noé rompit le charme en laissant tomber son diapason par terre : il ne supportait pas les minauderies de sa mère.

Les choristes essayaient de se ranger devant la porte, selon l'ordre plus ou moins établi lors de la répétition générale de l'après-midi. On se bousculait, on se disputait les meilleures places. Chaque fois c'était la même chose : il y avait celles qui voulaient être derrière mais qui ne voyaient plus le chef, les myopes qui se mettaient devant et gênaient les petites, et les autres, ni myopes ni petites, qui se moquaient bien de tout cela et refusaient de bouger. Les Tricoteuses, reléguées sur le côté, se vengeaient en semant la pagaille. Elles chantaient toutes les six ensemble depuis la création du chœur, bien avant l'arrivée de Thomas Morhange, et formaient à ce titre une véritable institution, avec sa légende et ses prérogatives. Elles assistaient à chaque répétition, ne rataient pas une altération, pas un départ, ne supportaient pas les courants d'air, excellaient dans les fugues et s'emparaient de leurs aiguilles — d'où leur surnom — dès que le chef faisait travailler les autres pupitres.

Thomas Morhange, plus soucieux de l'équilibre des voix que des contingences psychologiques, avait eu l'impudence de les déloger du deuxième rang. Alors, les altos avaient ri — sous cape, comme d'habitude. C'était un groupe surchargé mais cependant discret. Seules les basses parvenaient à les tirer de leur réserve. Galvanisées par les notes graves, elles se poussaient du coude et retenaient leur respiration, acclamant chacune de leurs interventions pour peu qu'elle modulât dans le bas de l'échelle musicale. Il y avait là l'évocation d'un univers qui leur échappait, un monde à la fois sensuel et inquiétant où des hommes aux fourrures enneigées les attendaient peut-être, sur le quai d'une gare, à l'arrivée d'un train...

L'excitation retombait dès l'entrée en scène des ténors, leurs pauvres voisins, qu'elles regardaient pourtant avec beaucoup d'indulgence. Lorsqu'ils se hissaient péniblement en voix de fausset, elles souffraient à leur place : comment pouvait-on être si ridicule ? La nuque raide, le front moite, les cordes vocales bandées à l'extrême, ils se croyaient irrésistibles. Les altos se rendormaient, leur apparente léthargie n'étant, selon l'avis de Nouche, que la manifestation tranquille de leur supériorité. Oui, c'était un bon pupitre, il n'y avait rien à dire, rien qui vaille vraiment la peine que Thomas s'y intéresse. Rien, sauf la présence de Nouche.

Les spectateurs s'impatientaient. Thomas Morhange se demandait pourquoi on ne venait pas lui donner le signal du départ. Les bavardages des sopranos, amplifiés par la voûte, bourdonnaient à ses oreilles comme une nuée de petites mouches. Une voix s'éleva qui provoqua le silence.

« Je refuse d'entrer la dernière, entendit-on, je me suis déjà tapé la générale derrière le pilier, c'est toujours moi qui trinque ! »

Un ténor moustachu éclata de rire. « Elle s'est tapé la générale, répéta-t-il en l'imitant, derrière le pilier, c'est du propre !

— Vous n'êtes qu'une bande de chameaux, poursuivit-elle, voilà ce que vous êtes, des chameaux ingrats et sous-baisés. »

Le ténor, à l'évocation de sa vie sexuelle, s'arrêta immédiatement de ricaner. Les basses consternées se retournèrent vers le chef. Thomas avait reconnu le timbre nasillard de la pianiste qui les avait accompagnés pendant les répétitions. C'était une excellente musicienne, dévouée corps et âme à la cause d'Alkan, aussi préféra-t-il ne pas envenimer le débat. Il s'éloigna.

La pianiste, effrayée par la véhémence de ses propres paroles, éclata en sanglots. La Marche funèbre pour la Mort d'un Nénuphar étant interprétée a cappella, elle avait tenu à s'intégrer au pupitre des sopranos. Thomas savait bien qu'elle ne chantait pas tout à fait juste, ce qui est un euphémisme pour dire qu'elle chantait vraiment faux, car ces choses-là s'accompagnent mal de la demi-mesure, mais elle le faisait avec une telle générosité qu'il n'aurait jamais osé l'empêcher de participer au concert. Si dans l'ensemble sa voix ne dérangeait pas trop, pour ses voisines immédiates l'épreuve était dure à supporter. Aucune choriste ne voulait se mettre à côté d'elle, voilà pourquoi la pianiste se retrouvait toujours la dernière.

Les altos s'étaient resserrées les unes contre les autres comme des pingouins sur leur banquise, elles se balançaient gentiment en attendant que l'orage passe. Enfin, la porte de la sacristie s'ouvrit à double battant. Les lumières s'éteignirent sous les applaudissements du public. Thomas fit signe aux choristes d'avancer. Noé se retourna vers Florence, sa nouvelle amie, et Nouche en profita pour lui envoyer un baiser. Il soupira. La pianiste ravala ses larmes : les Tricoteuses la laisseraient passer devant elles. Noé pensa à son père qui devait être assis dans l'église, parmi les invités. Il avait décidé d'abandonner les répétitions quelques semaines auparavant, une extinction de voix, les soucis, beaucoup de travail, toujours est-il qu'il ne chantait pas. Noé avait pris sa place dans les basses. Que son père se fût effacé à son profit lui procurait une extrême jouissance. Peu importait, au fond, le véritable mobile de son départ. Une seule chose comptait ce soir-là : Noé était du côté de la lumière et Jean, son père, dans l'ombre le regardait.

Malgré l'étroitesse des estrades, les choristes se répartirent l'espace sans que la moindre hésitation vienne troubler leurs visages recueillis. Tous ouvrirent leur partition en même temps. Passé les frontières des coulisses, l'instinct grégaire reprenait le dessus et les conflits internes s'évanouissaient. Il y avait face à eux un monde qu'il s'agissait de conquérir. A la file indienne ils étaient entrés, Noé en tête, et les spectateurs avaient souri de le voir si jeune et si sérieux. Personne ne remarqua les yeux gonflés de la pianiste, sauf peut-être son ancien amant, un albinos qui chantait habituellement dans les ténors.

Thomas Morhange aperçut la tache claire de ses cheveux près de l'allée centrale. Rêvait-il ? L'Albinos lui montra le poing lorsqu'il passa à sa hauteur. Thomas se retourna très vite vers son chœur et le tableau se figea, photo de classe en noir et blanc où seules les lèvres se détachaient, comme retouchées à l'encre rouge.

A quel moment la métamorphose s'était-elle opérée ? Les centaines d'individus qui s'agitaient de part et d'autre de l'autel s'étaient transformés en deux masses cohérentes, miroir déformant l'un de l'autre, le chœur représentant le public et le public reflétant le chœur, deux masses indissociables et sacrées. On ne voyait plus des personnes mais on imaginait des voix, et des oreilles tendues vers ce territoire mythique, matérialisé par les mains du chef, où la musique allait prendre vie.

Thomas Morhange ferma les yeux. Il était entre parenthèses, au cœur même de son secret. Choristes et spectateurs occupaient les plateaux d'une balance dont il n'était que le fléau ; seule la conjugaison de ces regards permettait à son corps de garder l'équilibre. Il se souvint de l'Albinos, ses yeux rouges et son polo bleu, ses yeux rouges qui fixaient maintenant un point précis de son frac, juste entre les omoplates, là où le tissu est bien lisse, bien tendu. Thomas frissonna. « Le bras droit bat la mesure, se répétait-il, le bras gauche dessine les nuances », il se raccrochait à cette phrase pour ne pas succomber à la tentation de prolonger à l'infini ce moment de silence. Alkan avait bien attendu cent ans avant de renaître au monde...

Soudain, Thomas doutait : et si le public boudait sa Marche funèbre ? Les rêves d'enfants sont précieux et tellement susceptibles... Depuis son plus jeune âge, il travaillait dans l'unique perspective de réparer l'injustice familiale. Ses parents l'avaient gavé de notes, ses grands-parents de récits, mais aucun n'avait vécu assez longtemps pour recueillir les fruits de cette obstination. Thomas restait seul à défendre la mémoire d'Alkan, seul avec son chœur. Il se sentit partir en arrière, très lentement. Le bois de l'estrade craqua sous ses pieds. Comme à l'approche d'un cataclysme, le temps s'étirait de façon inquiétante. Il rouvrit les yeux. Rien n'avait bougé. Côté cour, les basses, Noé avec ses nouvelles lunettes, puis les ténors, le regard lumineux de Nouche dans les altos, juste en face de lui, et enfin les sopranos, la pianiste devant les Tricoteuses, perchées sur leurs talons aiguilles, côté jardin. « Un léger vertige, se dit-il, ne plus penser à l'Albinos, à droite la mesure, à gauche les nuances », et il baissa la tête pour signifier aux chanteurs qu'ils pouvaient s'accorder.

Chacun avait son diapason qu'il fit résonner d'un geste sec. Ce mouvement avait été répété, au même titre que le reste. Pour Thomas Morhange, le concert avait déjà commencé.

Il est des œuvres qui vous séduisent dès la première phrase. Celle-ci n'eut besoin que d'une note pour s'imposer. Thomas leva les deux bras et le chœur, tel un monstre soumis, répondit par un accord tenu qui se prolongea au-delà du convenable, une rumeur à peine perceptible qui durait encore malgré la parfaite immobilité des choristes — mais quand respiraient-ils ? — et la fameuse main droite du chef qui battait la mesure. Le public, suspendu à ces harmonies qui n'en finissaient pas de se perdre, se demandait s'il n'était pas victime d'une hallucination. Le son se rapprocha, il changea de texture puis disparut sous les caresses de Thomas pour resurgir enfin, expression d'un immense regret. On était loin du magma informe des répétitions.

Jamais musique n'avait donné meilleure définition d'elle-même : à la fois fugitive et irréversible, unique, inépuisable, émanation de ce souffle primitif qui, selon les Anciens, avait fait basculer l'univers du néant à la lumière. Certains auditeurs incrédules laissèrent échapper quelques gloussements. Il n'y eut personne pour les suivre, la dérision ne prenait pas, elle glissait sur cette onde comme le bruit du vent à l'heure de la sieste, quand il fait chaud et qu'on n'a pas le courage de se lever.

Thomas se sentait revivre. Il plaçait au-dessus de tout ces rares moments de communion où les quatre-vingts choristes qui chantaient devant lui se confondaient en une masse mouvante et solidaire, attentive au moindre de ses gestes. Son bonheur était contagieux. Ses doigts souples sculptaient les voix avec volupté. A mesure que la musique avançait, les timbres se faisaient plus riches, plus ouverts. Thomas approcha les paumes de son visage. Il respirait avec son chœur, la femme qu'il aimait chantait pour lui, et les drames qui avaient assombri ces dernières semaines de répétitions donnaient à cet état de grâce une dimension pathétique.

La mélodie allait bientôt s'élever et le cortège se mettre en marche. Thomas imagina les chevaux noirs tirant la voiture funéraire, les gerbes de fleurs, la foule des admirateurs venus rendre un dernier hommage au défunt. Il imaginait les funérailles d'Alkan, des funérailles nationales cette fois et, emporté par ses rêves, accéléra le tempo. Il entendit que quelque chose se relâchait. Ses choristes s'abandonnaient au plaisir de chanter. Ils devenaient Nouche, le corps de Nouche allongé devant lui, nu, offert, ce corps désiré. Et Jean, son mari, qui de loin les regardait... Ils étaient Noé, le fils de Nouche et de Jean, sa petite main glissée dans celle de Thomas. Ils étaient ensemble, généreux et confiants, eux qui dans les coulisses s'accrochaient à ce qu'ils avaient de plus médiocre.

L'Albinos distinguait entre tous le visage lunaire de la pianiste, tendu vers le chef comme un oiseau qui attend la becquée. De temps à autre, elle plongeait dans sa partition pour en ressortir aussitôt, honteuse d'avoir cédé à cette tentation mécanique. Les Tricoteuses se laissaient conduire docilement. D'un ramassis complexe de rancœurs et d'espoirs contrariés jaillissait l'ineffable. Au terme d'une gestation centenaire, Alkan prenait sa revanche.

Nouche n'avait pas toujours chanté avec le chœur des Célestins. Elle ne s'était laissé convaincre par son époux que trois jours avant le début des répétitions de la Marche funèbre. Depuis six ans, Jean insistait pour qu'elle pose sa candidature. Il était propriétaire de plusieurs carrières de silice, une entreprise en pleine expansion, des repas d'affaires à n'en plus finir, trop peu de temps pour sa maison. Nouche finalement avait cédé : au moins, se disait-elle, ils seraient sûrs de se retrouver deux fois par semaine en famille, parmi quatre-vingts choristes certes, mais en famille tout de même.

Entrer aux Célestins, c'était d'abord se soumettre au questionnaire de Médard, l'administrateur de l'association. Outre sa fonction officielle de trésorier, il s'occupait avec Raton, son inséparable collaboratrice, de l'organisation des concerts et de la sélection des chanteurs. Selon des critères très personnels, Médard déterminait les motivations des candidats et leur capacité d'investissement. « On ne chante pas aux Célestins parce qu'il pleut dehors », disait-il souvent.

Tout le monde le surnommait Médard, comme le saint, parce qu'il avait travaillé autrefois à la météorologie nationale. Il gardait de cette époque un goût prononcé pour les métaphores climatiques. Quant à Raton, l'administratrice, il suffisait de la regarder pour comprendre d'où lui venait cette appellation.

Jean avait prévenu Nouche : Médard et son Petit Rat formaient un couple curieux. Ils passaient leur temps à se chamailler sans que cela n'affecte en rien la permanence de leur relation. Quel désert avaient-ils traversé, quel secret partageaient-ils pour se supporter ainsi ? Ils semblaient attachés, liés par un cordon invisible, et donnaient l'impression d'être condamnés à se fuir, l'un entraînant l'autre dans sa course, dans sa chute peut-être, condamnés à se fuir pour l'éternité. Aucun geste, aucune parole n'adoucissait cette malédiction — ou peut-être fallait-il considérer l'arrogance de Médard et l'apparente servilité de Raton comme les marques d'une passion hors du commun.

D'une certaine façon, ils se ressemblaient : une peau sèche sur un visage un peu gras, le regard clair, des épaules qui tombent, et ce laisser-aller dans la manière de se tenir qu'ils compensaient par une gestion pointilleuse de leur habillement. Elle paraissait plus jeune que lui, et probablement plus vieille que son âge, trente-cinq, quarante ans peut-être. Personne ne connaissait sa date de naissance. Son histoire commençait dix années auparavant, avec la création du chœur des Célestins. Le Petit Rat n'avait pas dû beaucoup changer depuis sa première nuit en ville. Les cheveux tirés en arrière, elle portait invariablement un twin-set sur des pantalons droits, seule la hauteur de ses talons variait en fonction des circonstances. Médard se cantonnait dans une mise plus classique. Il aimait néanmoins les cravates larges et les pochettes de soie vive. Cette pointe de dandysme se retrouvait dans sa façon de s'exprimer, il choisissait ses mots et émaillait ses raisonnements de dictons aussi désuets que les rayures de ses costumes. Ravalée au rang d'accessoire symbolique, au même titre que les chaussures de Raton, la sagesse populaire prenait dans la bouche de Médard des reflets impertinents.

Les administrateurs, donc, se disputaient avec une régularité obsessionnelle. Chaque jour apportait un nouveau prétexte pour relancer les hostilités. Médard s'ingéniait à s'écorcher au passage, comme pour se punir d'avoir cédé une fois de plus à la tyrannie de son sale caractère. A l'écouter, on aurait pu croire que c'était lui qui était à plaindre. « Croyez-vous, disait-il, qu'il soit facile de vivre avec sa honte ? »

L'administratrice tendait alors la joue gauche avec ostentation, elle devenait une caricature d'elle-même, les mains enfoncées dans les poches de son cardigan, baissant la tête et souriant timidement. Sa force d'inertie était considérable.

Les choristes, témoins privilégiés de leurs scènes de ménage, ne savaient s'ils devaient en rire. Se laissaient-ils aller que Raton les fustigeait du regard ; s'ils se retenaient, Médard se plaignait de leur apathie. Quelle que fût leur réaction, les deux protagonistes finissaient toujours par se liguer contre eux.

Dès qu'il s'agissait de projeter leurs conflits personnels sur la collectivité, en effet, Médard et son Petit Rat s'entendaient à merveille. Retards, absences, bavardages : autour de ces trois pôles se cristallisait leur union. Les chanteurs subissaient ces assauts avec mauvaise grâce. Certains sortaient ulcérés des séances, mais ils ne disaient rien de peur d'être renvoyés. D'autres arrivaient à prendre quelque distance. Que n'aurait-on pas supporté pour chanter sous la direction de Thomas Morhange ?

En outre, Médard et Raton avaient sacrifié cinq années de leur vie aux Célestins, il eût été ingrat de l'oublier. On ne pouvait que s'incliner devant l'efficacité de leur travail. Sans eux, le chœur serait resté une petite formation de quartier et Thomas n'aurait jamais été reconnu à sa juste valeur. Cette soumission apparente au chef et à l'intérêt général du projet conférait à leur monstrueuse ambition une légitimité incontestable.

Médard et Raton habitaient un immeuble attenant à l'église Saint-Léonard. La paroisse avait mis à la disposition du chœur des Célestins la grande salle du presbytère où se déroulaient les répétitions, ainsi que ce petit appartement qui servait à la fois de secrétariat et de logement. C'est là que Médard recevait les chanteurs qui désiraient s'inscrire. Chaque année, il sélectionnait une quinzaine de nouveaux choristes parmi la centaine qui se présentait. Thomas Morhange entérinait son choix sans vraiment savoir à quoi il s'engageait tant l'idée d'exclusion lui paraissait odieuse.

Le mois qui précédait la rentrée du chœur était donc pour le couple une période exaltante. Médard s'y préparait comme un chasseur à la veille d'une battue, nettoyant dix fois son fusil avant de s'assoupir, le nez dans sa gibecière, pour se réveiller en sursaut au dernier coup de minuit, l'arme instinctivement pointée vers la seule chose qui bougeait encore dans la pièce : en l'occurrence l'éternel Petit Rat que Médard avait toujours sous la main, et qui se prêtait d'ailleurs volontiers à ce genre d'exercice. Embusqué près du placard à balais, il la regardait laver la vaisselle, traquant sous chacun de ses gestes l'embryon d'une pensée parasite, ou — mieux encore — d'un acte manqué.

« Là, s'écriait-il soudain, tu as envie de me tuer ! »

Raton levait mollement la tête de son évier.

« Ne proteste pas, poursuivait-il, tu es transparente, il n'y a qu'à examiner la façon dont tu as posé les couteaux sur le coin de l'égouttoir, les pointes dirigées vers moi, ça ne trompe personne. »

Elle se gardait bien de le contredire, Médard ne l'aurait pas supporté. Il préférait qu'elle l'assassinât, symboliquement s'entend, plutôt que d'avoir tort. Elle rinçait les assiettes. Lorsque enfin arrivait le jour de l'ouverture des inscriptions, l'appartement était briqué de fond en comble et Médard se sentait en pleine possession de ses facultés. Les premiers candidats qui sonnaient à la porte essuyaient les plâtres. Médard n'avait pas son pareil pour découvrir les failles de ses interlocuteurs. Ils finissaient eux-mêmes par se demander comment ils avaient pu oser se présenter aux Célestins et se laissaient refouler sans comprendre très bien ce qui leur arrivait. Les suivants avaient plus de chance. La journée avançant, les exigences de Médard devenaient moins draconiennes. Raton lui rappelait de temps à autre qu'il n'était pas seulement en présence d'ennemis, mais aussi de choristes potentiels. Vers la fin de la semaine, alors que les postulants se raréfiaient, le recrutement commençait vraiment.

Ainsi, trois jours avant le début des répétitions, Nouche débarqua aux Célestins. Elle était belle, jeune, n'avait jamais chanté ailleurs que sous sa douche et voulait voir Thomas Morhange. En un mot, elle n'avait rien pour plaire aux administrateurs.

Rien, sauf un mari peut-être, car Nouche eut la présence d'esprit de le rappeler avant qu'on ne la mît dehors : elle n'était pas seulement une femme, elle était la femme de Jean — et par conséquent la mère de Noé — qui tous deux tenaient des places importantes au sein du chœur. A ce double titre, Raton pensa que Nouche méritait une certaine considération, sans bien savoir jusqu'à quel point d'incertitude le mot certaine l'engageait. Dans le doute, elle lui proposa de s'asseoir « quand même » sur la chaise bancale de l'entrée et s'enfuit vers le bureau de Médard.

Lorsqu'il apprit que Nouche était là, l'administrateur faillit s'étrangler. Il la connaissait pour l'avoir vue accompagner son fils aux répétitions du lundi. Quelque chose en elle le troublait plus que de raison — et pour Médard, se troubler ne pouvait être synonyme que d'être dérangé. Nouche semblait toujours à l'aise, légère, et cependant concernée, attentive même à des détails futiles (elle s'était sûrement aperçue qu'il avait des pellicules), une mèche qui tombe sur le front de son fils, le sourire d'un inconnu, les cernes de son mari. Insouciante du passé, gentiment préoccupée par l'avenir, sans exagération, Médard l'imaginait rebondir dans la vie avec un bonheur exaspérant.

Nouche, ou les désirs satisfaits. Nouche et son sac à dos imitation croco, pour avoir les mains libres. Nouche se prélassant au soleil à la terrasse d'un café et murmurant à son voisin : « Quelle vie de chien, vous ne trouvez pas ? » Nouche et son rire dévastateur. Que venait-elle chercher aux Célestins, et pourquoi Raton l'avait-elle laissée entrer ?

Médard le regarda, son pauvre Rat, figé près de la banquette avec ses petits cheveux, son air sérieux, son Thermolactyl et ses engelures en hiver. Il se laissa envahir par un sentiment de douce pitié qui lui redonna du courage. Il était tout pour elle, absolument tout. Que pouvait-il rêver de mieux ? Ce visage gris, trop anxieux, tendu vers lui, cette transparence d'orpheline — aurait-il fallu renvoyer Nouche ? se demandait-elle. Raton espérait une réponse, un signe, elle était vraiment adorable. Médard se leva et sans lui adresser un mot se dirigea sur la pointe des pieds vers l'antichambre.

Nouche ne s'était pas assise sur la chaise bancale. Elle attendait sagement debout près de la fenêtre qu'on lui offrît un siège moins périlleux. Elle devinait à travers les vitres la forme arrondie des toits du presbytère. L'immeuble ressemblait à un bateau amarré à l'église, avec ses coursives qui sentaient la Javel et son escalier en spirale. Les murs du vestibule étaient tapissés de chemises à soufflet ceinturées de sangles sur lesquelles s'inscrivaient en lettres rouges des formules énigmatiques dont seule Raton devait connaître le secret. Dépositaire officielle de la mémoire des Célestins, elle passait le plus clair de son temps à classer et reclasser ses archives. Il y avait là dix ans de programmes et de partitions, dix années de musique et de fleurs fanées. Au milieu des dossiers, posée sur une étagère spécialement conçue à cet effet, trônait une maisonnette de bois.

Nouche, intriguée par cette note de fantaisie, s'en approcha. A l'intérieur, des gnomes en costume tyrolien dansaient la farandole. L'un d'eux s'apprêtait à sortir sur le pas de la porte. Cela tenait à la fois du coucou suisse et de la cabane des sept nains. Un système compliqué de roues et de ressorts semblait actionner le tout, mais Nouche ne trouva pas la clef ou l'interrupteur pour le faire fonctionner. Elle allait toucher le personnage lorsque la voix de Médard interrompit son geste. Il l'observait déjà depuis quelques minutes, étonné qu'une femme telle que Nouche puisse s'intéresser à son objet fétiche.

« C'est un hygromètre à cheveux », dit-il en guise de présentation.

Cette phrase énigmatique le rendait maître de la situation, incontestablement. Nouche baissa la tête. Son mari lui avait conseillé de se montrer discrète. Elle hésita. La conversation autour d'un hygromètre pouvait-elle être assimilée à une forme quelconque d'intimité ? Elle se recula autant que le permettait l'exiguïté des lieux.

« Cette petite merveille, poursuivit-il, sert à mesurer le degré d'humidité de l'air.

— Et ça marche comment ? » demanda Nouche, rassurée par l'affabilité de son interlocuteur.

On aurait mis un tamanoir devant une fourmilière géante qu'il n'aurait pas réagi autrement. Médard oublia un instant les Célestins, les mains libres de Nouche et la mort du nénuphar. Son visage s'illumina. Combien de choristes étaient passés devant son hygromètre sans même le remarquer, aveuglés qu'ils étaient par leur volonté de se faire bien voir ? Son emploi d'administrateur lui offrait rarement l'occasion de partager sa passion pour la météorologie. Raton restait imperméable à toute considération d'ordre climatique : c'était sa manière à elle de lui résister. Le Petit Rat avait froid a priori, été comme hiver, elle était née avec une bouillotte sur le ventre, une sorte de mélancolie permanente habitait son corps. Cyclones et dépressions n'avaient aucune prise sur sa perception du temps. Pour une fois qu'il rencontrait quelqu'un prêt à l'écouter, Médard se lança avec jubilation dans la description technique de l'appareil.

« Le principe de base, commença-t-il, est aussi simple qu'ingénieux. Les cheveux, vous l'aurez constaté vous-même, sont très sensibles aux variations hygrométriques. En fait, leur longueur se modifie suivant la teneur en eau de l'atmosphère. L'un d'eux, préalablement dégraissé, a été tendu sur le cadre que vous apercevez au fond de la maisonnette, près de la cheminée. »

Nouche s'approcha à nouveau. C'est alors seulement qu'elle remarqua les pellicules de Médard.

« Lesté par un minuscule contrepoids, il s'enroule autour d'une poulie dont l'axe fait tourner les personnages qui entrent et sortent ainsi de la maison. C'est une manière plaisante de remplacer le traditionnel cadran. On utilise de préférence des cheveux de femme, des cheveux de femme blonde, parce qu'ils, parce que... »

Médard rougit. Pourquoi ne finissait-il pas sa phrase ? Raton était là, dans l'ombre du couloir, qui les observait. Nouche sentit sa présence. Elle se rappela les conseils de Jean, son mari, et reprit ses distances. Je dois leur dire, pensa-t-elle, que je connais bien le solfège, que je joue du violoncelle, que j'ai une voix de contralto, enfin n'importe quoi plutôt que de rester là, plantée entre ces masques de cire...

Raton s'avança. Elle tira un dossier de la bibliothèque et y rangea une feuille rose. Médard essayait en vain d'enfiler sa main derrière la maisonnette. Un cheveu de femme préalablement dégraissé, pensa Nouche, des cheveux de femme blonde... Elle se souvint de l'odeur de la penderie où sa mère l'enfermait lorsqu'elle voulait la punir, le placard de Barbe-Bleue.

Nouche soupira. Qu'attendait-elle, qu'attendaient-ils tous les trois ? Elle eut le pressentiment qu'au lieu de la rapprocher de son mari, l'expérience du chœur ne ferait que creuser le fossé qui les séparait. Pourtant, une force obscure la retenait là, face à Médard qui avait réussi à extirper de son hygromètre un des gnomes barbus, le plus vilain, celui qui grimaçait en regardant le ciel.

« Il se cache toujours à l'intérieur, bougonna l'administrateur, il faudrait être dans le désert pour qu'il daigne mettre le nez dehors. »

Curiosité ou sortilège ? Nouche prit le petit personnage. Sa tête de boxer la fit sourire.

« A toute chose malheur est bon, poursuivit Médard en fixant Raton. Comme il ne sort jamais à la lumière, ses couleurs sont restées intactes. »

Nouche acquiesça. L'heure tournait, elle aurait bien aimé parler avec Thomas Morhange. Jean lui avait assuré qu'elle ne passerait pas le barrage, mais Nouche avait cette mauvaise habitude de croire un peu trop en ses capacités de persuasion. Bientôt, cela ne faisait aucun doute, elle appartiendrait aux Célestins. Le soir qui tombe et la musique qui s'échappe dans la rue malgré les fenêtres fermées du presbytère... Bientôt, sa voix se mêlerait à celles des autres chanteurs.

« Pourrais-je avoir un entretien avec Thomas Morhange ? » demanda-t-elle en lui tendant le gnome.

Déçu que Nouche ne lui pose pas d'autres questions à propos de son hygromètre, Médard répliqua d'un ton sec que le chef ne recevait pas les choristes individuellement.

« Monsieur Morhange est un artiste, expliqua-t-il, un créateur, nous sommes tenus de lui épargner certaines épreuves. Rendez-vous compte, si chaque candidate devait lui pousser son contre-*fa*, il n'aurait plus d'oreille !

— Vous vous rendez compte, souligna Raton.

— Et puis il ne suffit pas de lire la musique pour entrer aux Célestins. Il faut être capable d'exigence personnelle, à tous les niveaux. Je dirais même que les qualités vocales sont accessoires. Ce que chacun doit posséder, en revanche, c'est cette conviction intime d'appartenir à un ensemble et de se soumettre à un tout.

— Nous gérons l'ensemble, précisa l'administratrice, assez contente d'elle-même, Thomas Morhange gouverne le tout. Et nous n'avons pas besoin d'une alto supplémentaire, non, pas besoin. »

Elle avait laissé échapper cette dernière phrase bien qu'elle sût pertinemment que Médard ne serait pas de son avis. L'administrateur, visiblement séduit par la jeune femme, tripotait le col de sa chemise. Le silence s'éternisait. Ses ongles accrochaient le tissu.

« *L'art commence à la résistance*, déclara-t-il enfin, d'un air goguenard, *à la résistance vaincue.* Ce n'est pas de moi, c'est d'André Gide, mais ça vaut pour tout le monde, n'est-ce pas ? »

Vous me détesterez, semblait-il dire, mais je vous aurai. Sur ce, Médard empoigna la main de la jeune femme et la serra longuement. Nouche comprit qu'elle était acceptée.

L'idée de ne pas être aimé par les choristes ne déplaisait pas à l'administrateur. Cette hostilité n'était-elle pas la marque évidente de son importance ? Selon lui, chaque chanteur venait aux Célestins avec le désir d'être pris en charge, dirigé, manipulé, pour ne pas dire maltraité. S'il s'enfermait deux fois par semaine dans un local obscur, sans souci de gratification et avec la certitude de se fondre dans la masse, c'est qu'il lui manquait quelque chose. La fonction des organisateurs n'était-elle pas de canaliser l'énergie négative qui s'écoulait de ce grand creux ?

A l'entendre, on aurait pu croire que chanter dans une chorale était un symptôme et la musique une maladie. Son pouvoir, et par conséquent celui de son Petit Rat, s'était établi sur cette vision quelque peu réductrice du phénomène. Un groupe aussi éclectique, pensait-il encore, ne pouvait fonctionner sans la présence d'un bouc émissaire. Comment réunir autrement des personnes de générations, d'origines, de professions et de sensibilités si différentes ? Fort de ces considérations, il assumait le mauvais rôle avec légèreté, attisant le malaise plutôt que de l'enfouir sous une hypocrisie de bon aloi.

Il est vrai que cette antipathie muette — et partagée — donnait aux Célestins une certaine cohésion. Chaque manifestation d'impatience vis-à-vis des administrateurs pouvait être lue comme un signe de santé collective.

Nouche, impressionnée par la facilité de sa victoire, se demanda si elle avait vraiment gagné. Elle insista pour passer une audition, mais Médard ne voulut rien entendre. « Mais non, mais non », répondait-il invariablement, toujours plongé dans son hygromètre.

Nouche remplit le formulaire d'inscription sans grande conviction. En échange d'un chèque de cent francs, Raton lui remit la partition photocopiée de la Marche funèbre pour la Mort d'un Nénuphar, œuvre chorale d'un certain Charles-Valentin Morhange (1813-1888), dit Alkan.

La première répétition de l'œuvre d'Alkan eut lieu un jeudi. Après deux mois de vacances forcées, le chat roux de Thomas Morhange retrouva l'atmosphère confinée du presbytère avec un bonheur non dissimulé. Il sauta de l'épaule de son maître et fit le tour de la salle, la moustache frémissante, reniflant chaque pied de chaise pour s'assurer qu'aucun étranger n'avait outrepassé les frontières de son territoire en son absence. L'administratrice s'était contentée de remuer la poussière d'un coup de balai, elle ne lessiverait que plus tard, ça sentait encore bon la souris et les grosses chaleurs. Seul un berlingot d'eau de Javel, oublié près du piano, attira son attention. D'où sortait donc cet animal flasque et chauve ? D'un coup de patte, il effleura le ventre blanc. Le berlingot répondit par un tremblement pacifique. Rassuré, le chat s'assoupit, confortablement installé sur les affaires de son maître. La rentrée s'annonçait plutôt bien.

Thomas Morhange aurait aimé jeter un dernier coup d'œil à sa partition avant l'arrivée des choristes mais il n'osa pas déranger le chat. Trois ans auparavant, on l'avait trouvé dans un sac poubelle, abandonné sous le porche de l'église Saint-Léonard. Le chaton miaulait à fendre l'âme. Peu à peu il s'était calmé, et c'est avec une petite boule de poils endormie au creux de son bras gauche que Thomas avait commencé la répétition.

On n'avait pas beaucoup travaillé ce soir-là : il fallait avant tout baptiser celui qui deviendrait la mascotte des Célestins. Les choristes attendirent le réveil du chaton pour déterminer son sexe. Il passa de main en main, les avis étaient partagés. La pianiste, qui avait été élevée à la campagne, affirma qu'il s'agissait d'un mâle. Déjà Raton murmurait qu'un jour ou l'autre il devrait être coupé, les matous, disait-elle en évitant le regard de Médard, ça pue, on s'y attache et puis ça s'enfuit. Une vague de protestations s'éleva chez les ténors. L'Albinos semblait très excité par l'ensemble de ces réflexions. Il fut le premier à suggérer le nom de Raspoutine.

Les Tricoteuses s'indignèrent. Que cette chose fragile puisse être assimilée à ce voleur lubrique était révélateur, pensaient-elles, de la mentalité générale du chœur. La pianiste abusa de sa position pour appuyer le choix de l'Albinos. Thomas n'avait pas d'idée précise sur la question. « Va pour Raspoutine ! » concéda-t-il alors que l'administrateur, excédé par ce brouhaha, se décidait à rétablir l'ordre. Son intervention marqua la clôture des discussions. Chacun se plongea dans sa partition et Thomas récupéra discrètement le nouveau pensionnaire des Célestins.

Raspoutine sut gagner l'affection de tous. Il assistait aux répétitions du haut de l'armoire. Parfois il abaissait une paupière, puis l'autre, comme un hibou, spirituel quoi qu'il fît, même les basses se laissèrent séduire. Seuls les Médard résistèrent, voyant en lui le symbole même de cette liberté qu'ils exécraient. C'est eux qui emmenèrent l'animal chez le vétérinaire, un jour que Thomas était absent. La facture de l'opération apparut sur les comptes de l'association. Raspoutine doubla de volume et sa réputation en souffrit. Il devint casanier. Les souris retrouvèrent le chemin du presbytère.

Thomas ne se sépara plus jamais de son chat. Malgré sa taille impressionnante, il continua à le porter sur son épaule et les gens se retournaient dans la rue à la vision de cette masse fauve posée en équilibre sur ce grand corps en mouvement.

Raspoutine dormait donc, et Thomas attendait ses choristes. La salle de répétition lui rappelait la maison de son enfance. Moulures, palmes et fleurs, parquets qui craquent et plafonds qui tombent : les souvenirs s'accumulaient depuis un siècle, on s'y sentait bien. Quelques carcasses d'idées catholiques avaient été abandonnées là, un tableau représentant une Vierge à l'enfant, un calendrier liturgique, dans l'armoire vitrée une rangée de missels, rien qui ne serve encore vraiment. Chacun des occupants successifs avait laissé son empreinte. Sous prétexte d'améliorer l'acoustique, l'ancien chef des Célestins avait fait tendre sur le mur du fond un épais rideau de velours. La cheminée fut condamnée par Raton et les Tricoteuses — un vrai nid à courants d'air, avaient-elles dit, comme si de l'extérieur ne pouvaient venir que de terribles épidémies.

Parfois, des bruits sourds s'échappaient du conduit. Deux lustres à pendeloques éclairaient la pièce d'une lumière incertaine. La pianiste se plaignait toujours de n'y rien voir. Elle finit par s'installer elle-même une lampe sur son piano, mais les choristes continuèrent à s'abîmer les yeux en déchiffrant leurs partitions dans la pénombre. D'une saison sur l'autre, la date des travaux de réfection était repoussée. On attendait la fin de l'hiver, l'arrivée des subventions ou l'établissement d'un nouveau devis.

On attendait, et personne n'insistait vraiment. Peut-être avait-on du mal à accepter l'idée d'un changement, tant l'obscurité du lieu donnait aux Célestins un esprit qui n'aurait pas manqué de s'envoler avec l'arrivée des néons et de la peinture blanche.

Thomas un instant pensa à ses parents. Il les revit dans le salon, accroupis devant les caisses de partitions qu'ils ne sauraient jamais déchiffrer. Parfois, ils sortaient l'une d'elles et très respectueusement la contemplaient.

Qu'Alkan fût ou non un grand compositeur, là n'était pas la question : ses descendants avaient fait de lui un martyr, victime de son siècle, et lui vouaient pour cette raison une admiration fiévreuse empreinte de culpabilité. Fidèle à la tradition, l'enfance de Thomas avait été bercée par les plaintes expiatrices de son père. Aux paroles s'ajoutaient des actes incongrus qui réanimaient à leur façon le culte d'Alkan. Ses œuvres, par exemple, étaient périodiquement déménagées d'une pièce à l'autre de la maison, comme si cette tournée domestique pouvait leur conférer une certaine notoriété. Rêves et regrets s'étaient cristallisés autour de cet héritage. « Quoi de plus triste, répétait la mère de Thomas qui avait un penchant pour l'emphase, qu'une musique abandonnée sur du papier ?

« Et quoi de plus beau, ajoutait-elle en couvant son fils du regard, qu'un musicien en habit ? »

Très jeune, Thomas fut envoyé à l'école de musique de la rue des Blancs-Manteaux — à quelques pas du pensionnat que dirigeait jadis le père d'Alkan, non loin de la rue des Rosiers. Il apprit à lire les notes avant de savoir compter et reçut presque aussitôt son premier piano, avec la promesse de jouer les œuvres de son ancêtre.

L'enfant s'était étourdi de gammes. A onze ans, il fut jugé capable d'affronter les compositions d'Alkan. On congédia le professeur particulier, de peur qu'il ne se permît de critiquer le répertoire familial. Charles-Valentin était un génie, le bon génie de la famille, mieux valait le protéger en gardant jalousement l'exclusivité de cette vénération. La présence d'oreilles étrangères ne pouvait que ternir l'image de son présumé talent. « Chaque chose en son temps, disait la mère en regardant toujours sa progéniture, lorsque l'heure sera venue, Charles-Valentin sortira de l'ombre. Et alors, ils verront ce qu'ils verront ! »

Thomas, conscient de la charge qui lui incombait d'office, se mit résolument au travail. Pourtant, il ne vit rien de très encourageant : les études pour piano d'Alkan se révélèrent d'une formidable difficulté. Thomas avait beau s'appliquer, il dépassait rarement le stade des vingt premières mesures. Quand ses parents l'écoutaient, pour ne pas les décevoir, il se forçait à continuer, improvisant à son gré en suivant la ligne générale du morceau.

« Chanson de la Folle au Bord de la Mer, annonçait-il entre ses dents, précédé de Scherzo diabolique », et il se lançait dans l'aventure suggérée par les titres de son aïeul.

Thomas avait déjà le sens du drame, son âme romantique le conduisit sur des chemins où le musicien n'aurait pas osé se compromettre, le résultat était surprenant. De contraintes en dérobades, un certain style s'imposa. Première Lettre d'Amour devint une déclaration fiévreuse qui, si elle ne ressemblait plus guère au manuscrit initial, ne manquait pas de charme. Les Omnibus, variations dédiées aux dames blanches (nom que portaient alors les voitures de transport public), prirent des allures dodécaphoniques. Les parents s'extasiaient, elle sur l'interprétation de son fils, lui sur l'audace des compositions. Ce qui n'était pour Thomas qu'une parade provisoire s'imposa définitivement avec la perfidie de ces pieux mensonges sur lesquels, affirmait-on dans la famille, s'édifient les grandes destinées. Dès lors, l'enfant apprit à recevoir des compliments qu'il ne méritait pas en baissant la tête. Cette mascarade musicale l'exaspérait, mais comment y échapper ? Fallait-il tromper sa mère dans ses espoirs ? Son amour-propre dût-il en souffrir, il ne pouvait se résoudre à lui faire de la peine.

Pourtant, les années passant, il fut obligé de se rendre à l'évidence : il ne serait jamais un bon pianiste. Lorsqu'il essayait de jouer scrupuleusement ce qui était écrit, sa main gauche ne se déplaçait pas assez vite, son index accrochait les touches. A son âge,

Charles-Valentin Morhange était la coqueluche des salons parisiens. Déjà on applaudissait ses talents. Thomas ne lui arrivait pas à la cheville. Il se sentait vieux et impuissant. Il venait d'avoir quatorze ans.

Si l'harmonie et le solfège continuaient à le passionner, la pratique même de l'instrument devint un véritable calvaire. Il entendait tout ce que ses doigts se refusaient à exécuter, et ce décalage entre sa conscience et son corps le plongeait dans des rages désespérées. Alors, pour se détendre, il prenait une partition d'orchestre et s'amusait à imaginer la musique. Il se figurait dans l'espace les trajectoires des différents instruments.

Parfois, il fredonnait en déchiffrant.

Son père décréta qu'il avait une fort jolie voix, aussi l'inscrivit-on d'office à la chorale de l'aumônerie de son collège. L'année suivante, c'est Thomas qui la dirigeait. Lui qui ne savait même pas ce qu'était un signe de croix se retrouva plongé dans la liturgie catholique. De Stabat mater en Magnificat, il apprit à aimer le latin et l'idée de la rédemption. Sa mère comme son père, loin de s'en inquiéter, voyaient là un juste retour des choses. Ils assistaient au premier rang à toutes ses prestations, affichant clairement leur satisfaction. Qu'un petit juif fût propulsé au centre d'une église, entre deux murs de chrétiens suspendus à sa baguette, voilà qui relevait l'honneur de la famille Morhange.

Les parents de Thomas ne gardaient de la tradition judaïque que de vagues réminiscences culinaires, on ne peut pas s'occuper de tout le monde, disaient-ils, du grand-père et de celui dont on ne prononce pas le nom. Outre son métier de compositeur, Alkan avait consacré sa vie à l'étude de la Bible et du Talmud, il semblait naturel que ses descendants se consacrent à lui.

Thomas ne se posait pas trop de questions à ce sujet. Le Créateur, au-delà de la gourmette en or et du gefilte-fisch, prenait sa revanche selon les formes qui lui convenaient, cela lui était bien égal pourvu qu'à la clef il y eût de la musique.

Pourtant combien de messes, combien de requiems Thomas Morhange serait-il obligé de chanter, puis de diriger avant d'oser réaliser l'ambition profonde de ses parents ? En théorie, il était libre de choisir le répertoire des Célestins, mais Médard s'était chargé de lui faire admettre que des contingences d'ordre économique commandaient un certain respect des goûts supposés du public. Plus tard, promettait-il, croyant ainsi se protéger des extravagances de Thomas, lorsque le chœur aura acquis la réputation qu'il mérite, alors nous verrons...

Le « plus tard » sans cesse retardait son projet, et à force de se l'entendre répéter, Thomas comprit ce qu'il signifiait. L'église Saint-Léonard avait beau se consacrer avant tout à la musique — le service dominical n'y était même plus célébré —, elle n'en restait pas moins un lieu de culte. Jouer en son enceinte les œuvres d'un compositeur juif, voilà qui pour Médard sonnait faux, irrémédiablement.

L'administrateur pourtant dut se plier aux exigences de Thomas. Un jour, le chef posa ses conditions avec une clarté qui le laissa bouche bée : c'était la Marche funèbre pour la Mort d'un Nénuphar, ou rien, il était prêt à partir, à quitter les Célestins, il trouverait bien un organisme qui les accepterait lui et son ancêtre, d'ailleurs il était persuadé que la majorité des chanteurs le suivrait, où qu'il aille et de quelque confession qu'ils soient. Ce n'était pas prétention de sa part, Médard le savait : Thomas Morhange était adoré.

La Marche funèbre fut donc programmée pour la saison suivante. On la donnerait à l'occasion du centenaire de la mort d'Alkan. Médard, en contrepartie, obtint l'assurance de garder sa place d'administrateur, même si le concert était un fiasco total — comme il semblait le prévoir. Thomas se demanda ce que cachaient ces mauvais augures : l'engagement financier était minime, il n'y avait pas d'orchestre ni de soliste à payer, jamais concert n'aurait été monté à si peu de frais. Médard ne risquait rien. Thomas lui accorda cependant la promesse de conserver son poste, quoi qu'il arrive, tant il était soulagé d'avoir enfin trouvé le courage de lui imposer son choix.

Jean, Nouche puis Noé furent les premiers à pousser la porte de la salle de répétition. Jean, en bon père de famille, portait les trois exemplaires de la Marche funèbre, Nouche s'accrochait amoureusement à son bras et Noé ignorait avec ostentation ce regain de tendresse qui, selon lui, dénotait une absence totale de savoir-vivre. Il était revenu de ses vacances à Cardiff avec des boutons sur le front et le sentiment aigu de ce qui se faisait et ne se faisait pas.

Lorsque Thomas Morhange s'avança vers ses parents, l'adolescent ne résista pas au désir de se précipiter à sa rencontre. Thomas le serra dans ses bras avant de baiser la main de Nouche.

« Mon épouse, elle va chanter dans les altos », annonça Jean, non sans une certaine fierté.

Thomas s'inclina. Il était trop ému lui-même pour remarquer le trouble de Nouche et mécaniquement répondit aux questions de Noé. Oui, il avait passé un bon été. Non, il n'était pas fâché de reprendre le travail. La perspective de diriger l'œuvre chorale de son aïeul l'enchantait. « Tu verras, dit-il à Noé en suivant Nouche du regard, je suis sûr que ça va te plaire. » L'adolescent lui raconta quelque chose à propos des chœurs gallois, ces mélodies alcoolisées qui paralysaient l'adversaire pendant les matchs de rugby. A ce moment-là débarquèrent les Tricoteuses et Thomas, en s'excusant, fila à l'anglaise. Il préférait attendre dans le couloir que d'affronter les bavardages des sopranos.

Jean expliqua à sa femme l'organisation de l'espace et, sans hésitation aucune, s'installa à sa place habituelle, au centre des basses, près de la fenêtre. Nouche, toujours soucieuse de son bien-être, choisit une chaise rembourrée vers le fond de la pièce. Thomas ne revenait pas. Une petite cour d'admirateurs se pressait maintenant autour de Jean, et Nouche réalisa pour la première fois que son mari pouvait être aimé autrement qu'à travers elle. Après seize années de mariage, elle vivait encore dans l'idée du cadeau qu'elle lui avait fait en acceptant de l'épouser.

Les Tricoteuses effectuaient leur tour de chœur. Une grosse dame avec un collier de perles papillonnait de l'une à l'autre en tirant par la manche son amant, qu'elle avait enfin réussi à inscrire aux Célestins. Elle paraissait très fière d'elle — plus encore que de lui. « Il était Petit Chanteur à la Croix de Bois, pérorait-elle de sa voix pleine comme une huître bien grasse, alors bien sûr ça va le changer... »

On imaginait mal cet homme au teint rubicond chanter des cantiques en aube blanche. Il s'éloigna pour plonger sa mèche rebelle dans les pages sportives de son journal. L'Albinos interrompit sa lecture en lui donnant une claque amicale dans le dos.

« Enfin, s'exclama-t-il, quelqu'un qui s'intéresse à l'actualité ! »

L'homme se retourna et dévisagea son interlocuteur d'un air inquiet. Se moquait-il de lui ? L'Albinos ressemblait à une aquarelle inachevée. Il était si pâle. Seules deux plaques roses s'étalaient de part et d'autre de sa bouche.

« Vous verrez, poursuivit-il, ici c'est plutôt pantoufles et langue de bois. Les choses se savent, pourtant on ne dit rien. C'est comme les policiers devant les commissariats, ils n'ont même plus la taille réglementaire, ils font de la figuration ! Alors bien entendu, dans ces conditions, leur pays, ils s'en tapent... »

Ses phrases étaient sèches et rapides. L'homme acquiesça, par commodité. La pianiste, que le ton vindicatif de son ami avait alertée, profita de cet instant de silence pour lui demander de l'aider à déplacer le piano. Elle préférait intervenir avant que l'un ou l'autre ne se mette en colère. Lorsque l'Albinos commençait à parler de la France, il fallait se méfier.

Raspoutine, réveillé par cette soudaine agitation, s'étira en ronronnant. Alors, Médard apparut sur le seuil de la porte, immédiatement rejoint par Raton. D'un sifflement strident il signala leur présence.

Le chat d'un bond alla se percher en haut de l'armoire. Les choristes docilement regagnèrent leurs places respectives. Raton appela les nouveaux et leur attribua des tabourets au premier rang. « Il faut bien que M. Morhange fasse connaissance avec votre voix », rétorqua-t-elle à Nouche qui regrettait sa chaise en retrait. Elle insista encore pour aller se mettre au fond, rester trois heures assise sans bouger devant un homme aussi séduisant lui semblait au-dessus de ses forces, mais son mari, cette fois, intervint. Les basses se tournèrent vers elle d'un air réprobateur. Dialyse, une alto ainsi surnommée bien qu'elle vécût à présent avec le rein d'un pendu, intercéda en faveur de Nouche. Raton ne voulait rien entendre, Médard secoua la tête : Nouche n'eut qu'à croiser les jambes et se taire. Elle portait une jupe beaucoup trop courte pour un premier rang.

Médard se présenta sobrement comme l'homme à tout faire des Célestins et céda la parole à son Petit Rat qui, avec une précision de métronome, déroula le calendrier des répétitions. Nouche prenait des notes au dos de sa Marche funèbre, elle sentait sur sa peau dorée le regard scrutateur de Médard. Elle replia ses jambes sous son tabouret et plusieurs fois éternua.

L'administrateur enchaîna. « Il pleut toujours sur les mouillés », commença-t-il, et Nouche, sans bien comprendre ce qu'il cherchait à lui dire (car la leçon s'adressait à elle, sans aucun doute), se souvint de l'hygromètre et du rictus fataliste des figurines. « Thomas Morhange, poursuivait Médard, nous le savons depuis longtemps, est un chef exceptionnel. Mais ce qu'il nous avait caché, et que nous découvrons aujourd'hui, c'est que son arrière-grand-père exerçait lui aussi la profession de musicien... »

Dans le couloir, Thomas rougit. Médard rajusta le carré de soie mauve qui dépassait de sa poche. Il ne préparait jamais ses interventions, mais d'ordinaire les mots venaient plus facilement. Il se trouvait dans l'obligation de soutenir un projet qui ne lui plaisait pas — les choristes n'auraient pas supporté qu'il touchât un cheveu de leur maître.

« Chopin est mort de tuberculose, reprit Médard, soudain inspiré, Mutz de syphilis, et si je ne me trompe Schubert de tuberculose ET de syphilis. Wolf comme Schumann sont morts de folie, à l'asile. Alkan, lui, fut écrasé par sa bibliothèque. Avouez que l'anecdote ne manque pas de piquant ! »

L'administrateur marqua une pause afin de mesurer l'effet de ses paroles. Il souriait, assez content de cette entrée en matière, et ne comprenait pas pourquoi les chanteurs restaient de marbre. Il ne pouvait pas deviner que Thomas s'était avancé dans la salle, qu'il se tenait maintenant juste derrière lui, et que son visage ne donnait pas envie de rire.

« C'était un homme assez particulier, poursuivit-il avec l'espoir de conquérir enfin son public, qui se définissait comme un *cryptogame amateur de musique*. Je vous apporterai un jour copie d'une lettre que Thomas Morhange nous avait communiquée au moment de la préparation du programme, c'est un petit chef-d'œuvre de fantaisie... »

Thomas serra les lèvres. Médard faisait allusion à un billet dans lequel, en effet, son parent écrivait qu'il aurait aimé vivre à la façon d'un chou ou d'un champignon. « Je me sens devenir tous les jours plus misanthrope et misogyne, avouait-il, et cependant il y a des moments où, de n'avoir rien de bon, d'utile à faire pour autrui, me rend horriblement triste et malheureux. »

Thomas avait versé cette pièce au dossier afin d'éviter que l'homme ne cède trop vite la place au personnage. L'attitude de Médard était inadmissible. Thomas l'interrompit au milieu de son discours.

« Alkan est mort il y a un siècle, dit-il simplement. Je voudrais que nous célébrions ensemble ce centenaire. Prenez vos partitions. »

Médard alla s'asseoir au fond de la salle. Thomas ne lui avait pas adressé un regard. La guerre était déclarée.

Dans le calendrier juif, le jour part du soir. La lumière qui décline et l'espoir naissant... Peut-être aurait-il suffi de cette simple indication pour que les choristes chantent la Marche funèbre sans adopter une voix de circonstance, la voix pincée et tremblante de celui qui fait semblant de compatir alors qu'il pense à son propre malheur, et ne pleure que par entraînement.

Thomas Morhange sortit des premières répétitions de l'œuvre d'Alkan exténué et furieux. Furieux de ne pas avoir réussi à garder son calme, furieux d'avoir enfoui ses indications sous un déluge de métaphores.

Dix fois ils avaient repris la même page et dix fois le chef avait reçu la preuve de son incapacité. Dans leur empressement à le contenter, les choristes en arrivaient à faire mentir les notes. Certes le *do* était juste, pianissimo, suivi du *fa* dièse, puis du *fa* naturel, les valeurs étaient respectées, sauvées les apparences, mais de la Mort d'un Nénuphar ne restait qu'une structure vide, aux harmonies trop compliquées pour être subtiles, trop simples pour paraître audacieuses, et dont la mélodie se perdait dans la confusion générale.

Le rêve de Thomas s'écroulait sous le regard narquois de Médard qui, toujours assis au fond de la salle, voyait son pouvoir se raffermir à mesure que le travail avançait. Raton le rejoignait vers la fin des séances, elle se frottait les mains et balançait sa tête de haut en bas sans que l'on pût déterminer s'il s'agissait là de manifester sa perplexité ou son approbation. Il lui arrivait de succomber au charme de Thomas Morhange, alors elle se réfugiait dans cette attitude empruntée qui, conjuguée à la sévérité de son visage, lui donnait des airs de gouvernante anglaise à l'heure du thé.

Nouche gardait les jambes croisées et chantait de tout son cœur, fascinée par la ferveur et l'obstination de Thomas. Elle avait l'impression de le comprendre, d'être la seule à le comprendre.

Parfois, le chef s'arrêtait au milieu d'une phrase, suspendus à ses lèvres les choristes respectaient ce temps de réflexion, car ils écoutaient, c'était cela le plus désolant, avec une bonne volonté indéniable. « Laissez filer la noire », disait Thomas, et ils laissaient filer, sagement, comme on le leur avait demandé. Alors la noire disparaissait dans le magma bouillonnant des autres notes et Thomas se désolait. « Vous respirez trop tard, expliquait-il, alors vous avalez le premier temps. Et je vous en supplie, il n'y a pas d'appui du *si* sur le *sol* ! Vous vous cramponnez à la toile comme des araignées qui attendent leur proie, c'est effrayant ! Allons, oubliez tout. On recommence, du début. »

Les choristes oubliaient tout, effectivement. La

noire retrouvait sa place, on n'entendait plus qu'elle et la musique trébuchait sur cette attaque étincelante. Thomas se bouchait les oreilles. « Ce n'est pas une exécution, criait-il, c'est un massacre ! »

Les choristes confondaient la gravité et la lourdeur, le vide et la discrétion. Thomas soupirait. Il fallait échapper à l'attraction classique des notes entre elles, expliquait-il encore, définir un univers en expansion, un univers où l'immobilité ne signifiait pas la fin du monde.

L'Albinos n'arrêtait pas de bouger. Son front blanchâtre se plissait. La pianiste le regardait avec des yeux ronds. Thomas sentait qu'il était confus et se taisait. Relisez le texte, suggérait-il, relisons-le ensemble. Les choristes ânonnaient : « Le nénuphar est un oiseau, posé sur l'onde, il dort au creux de sa feuille ronde. Mort celui qui vivait. Mort celui qui vivait... »

Thomas doutait soudain. Etaient-ce bien là les mots d'Alkan ? Il interrompait la lecture et reprenait le cours normal de la répétition. L'incertitude l'obligeait à hausser le ton. Il noyait son désarroi dans un déluge de paroles. Les Tricoteuses s'impatientaient. Le nénuphar s'enlisait.

Selon les traditions judaïques, la nuit tombait et le jour commençait : voilà ce qu'il aurait fallu dire pour suggérer aux chanteurs cette permanence des êtres et des choses que devait inspirer le premier mouvement de la Marche funèbre. Thomas regrettait, une fois de plus, de s'être mis en colère. Les choristes sortaient maintenant de leur cinquième répétition. Personne n'osait venir lui parler. Ils fuyaient tous, tête basse. Raspoutine abandonna le haut de son armoire et vint se frotter contre ses jambes. Médard et Raton attendaient avec l'Albinos que la pianiste finisse de ranger ses papiers. Elle avait fait son possible pour soutenir les différentes voix, indiquer les entrées, souligner les crescendo. Thomas aurait aimé la remercier, mais l'Albinos ne lui en laissa pas l'opportunité. Déjà ils s'en allaient tous les quatre, à lundi, lancèrent-ils, Médard fermerait à clef plus tard, ou Raton s'en chargerait, Thomas n'avait qu'à tirer la porte, le bruit de leurs pas dans l'escalier, quelques rires — se moquaient-ils de lui ? —, il n'avait qu'à tirer la porte...

Seul avec Raspoutine, Thomas désespéré quittait à son tour la salle.

Jusqu'au dimanche suivant, il resta cloîtré chez lui. Assis devant sa partition, le regard perdu dans la contemplation des murs de sa chambre, il ne pensait qu'à une chose : se fondre dans ces taches d'humidité qui, près du piano, boursouflaient le papier peint ; s'évanouir, se volatiliser. L'espoir de faire renaître l'œuvre de son aïeul s'éloignait de jour en jour. Où puiserait-il le courage de continuer, pour autant qu'il le voulût encore, à diriger la Marche funèbre ?

Le passé se refermait, ce n'était plus cette matière en mouvement, cette force qui à travers lui trouverait un sens, mais une masse figée et hostile. Depuis six ans, Thomas se servait d'Alkan comme d'un bouclier, se protégeant derrière lui pour justifier sa mission à la tête des Célestins. Son rempart s'écroulait. Jamais il ne s'était senti aussi vulnérable. Et puis il y avait cette femme, au premier rang, la femme de Jean qu'il n'avait pas le droit de voir. Le chœur tout entier disparaissait derrière son visage.

Cette idée de disparition le hantait. Quoi qu'il fît elle revenait, guidant ses pensées vers des chemins froids et brumeux. Thomas Morhange ne croyait pas à l'individu — en d'autres termes, il croyait si peu en lui-même qu'il préférait se persuader que chacun agissait, de façon plus ou moins lumineuse, selon une ligne tracée d'avance. Lorsqu'il faisait travailler ses chanteurs, il se quittait effectivement, il s'oubliait et cela l'arrangeait. S'il supportait mal la célébrité, c'est qu'elle violait ce sentiment réconfortant d'inexistence. S'il tenait à figurer de dos sur les programmes, et non de face comme les musiciens de sa génération, c'est que de dos il aurait pu être n'importe qui. Alors seulement, Thomas acceptait d'être quelqu'un.

En dehors des répétitions, il se débrouillait pour ne pas être indispensable, ne se mêlant ni de l'organisation des concerts ou des enregistrements, ni de la gestion de l'association. Son salaire — le même depuis son entrée aux Célestins — lui permettait de vivre, matériellement s'entend. De l'autre vie, celle du cœur et des sensations, Thomas ne parlait guère. Il aimait les corps comme il aimait la musique : avec passion et humilité. Ses aventures étaient fugitives. Les femmes ne l'ennuyaient pas, au contraire, mais il préférait — là encore — s'effacer avant de voir leur image se ternir. Ou la sienne se préciser.

En fait, il leur tournait le dos aussi systématiquement qu'il tournait le dos aux photographes, et pour les mêmes raisons. Il ne méritait pas d'être reconnu. Alkan devait rester au centre de ses préoccupations.

Toute chose qui l'éloignait de lui semblait a priori condamnée à l'échec.

Toujours il ressentait au moment de la séparation une immense tristesse, comme si lui-même était abandonné.

Dans sa solitude retrouvée, Thomas se consolait en cultivant la mémoire de ces douces parenthèses. Lorsqu'il aimait, il avait l'impression de vivre l'autre, de devenir l'autre, un instant, de l'intérieur, aussi gardait-il des êtres qu'il rencontrait un souvenir intime et diffus. Plus que l'apparence, c'étaient les voix qu'il retenait. Les voix, et le rythme des corps. Celle-là plongeait sa tête dans l'oreiller pour étouffer ses cris (le va-et-vient régulier de sa main sur son dos, encore la vague fraîche de ses doigts, puis quelque chose se brisait sous ses caresses d'éventail), celle-ci escaladait l'échelle chromatique et jouissait en silence, les reins cambrés, parfaitement immobile, avant de s'abattre dans un souffle rauque. Chacune offrait alors ce qu'elle avait de plus tendre et de plus violent.

L'émotion que Thomas éprouvait en dirigeant les Célestins était du même ordre. Aussi, lorsque le chœur se dérobait, ne s'agissait-il pas d'une difficulté technique, mais bien d'un échec sentimental qui lui paraissait insurmontable. Il était écouté, pourtant on ne l'entendait pas. Ce décalage entre ses indications et les réponses des chanteurs l'obligeait à mesurer le poids de sa responsabilité. Il avait beau répéter que lui-même ne s'intéressait pas, qu'il n'était qu'un agent, un conducteur, il ne pouvait plus se dire qu'il ne comptait pas. La conscience de son pouvoir l'effrayait.

Fallait-il renoncer à la Marche funèbre ou devait-il

se battre pour imposer sa volonté ? Soudain, il était obligé de faire face. Soudain il existait.

Après trois jours de claustration, Thomas fut poussé hors de chez lui par les miaulements de son chat qui n'appréciait guère le régime alimentaire qu'on lui infligeait. Il ne restait dans les placards de la cuisine que du riz et des pâtes, on l'avait habitué à mieux. Aussi se retrouvèrent-ils tous les deux dans la rue en ce dimanche après-midi, errant à la recherche d'une épicerie.

De portes closes en rideaux baissés, ils arrivèrent sur une petite place, non loin du jardin des Tuileries. Dans une vitrine éclairée s'étalaient truites et saumons fumés, disposés de manière fort prétentieuse sur un nid de glace piqué de persil. Au-dessus, suspendues par des fils de nylon, voletaient quelques bouteilles de champagne et des boîtes de foie gras truffé. D'un instant à l'autre on s'attendait à les voir s'écraser dans le déluge des poissons morts.

Raspoutine, à moitié endormi sur l'épaule de son maître, ne semblait pas réaliser qu'il s'agissait là de nourriture. Thomas allait entrer dans la boutique lorsqu'une voix qui ne lui était pas inconnue le fit se retourner. « Thomas », appelait-on doucement, « monsieur Morhange ! »

A quelques mètres de lui, il vit d'abord une masse noire encadrée par des cheveux bouclés (« Ne bougez pas », disait-elle encore), un appareil photographique puis une jupe jaune vif, portée sur un collant à rayures. Thomas leva son bras pour se protéger le visage mais il était trop tard : déjà le déclic s'était fait entendre.

Emue et volubile, Nouche se découvrit. Elle s'étonnait de le rencontrer dans ce quartier. Elle-même avait rendez-vous avec une amie chez Angelina, sous les arcades. Son regard gourmand disparut à nouveau derrière le boîtier, mais Thomas cette fois obtura l'objectif de sa paume. Nouche ouvrit l'œil qui ne regardait pas dans le viseur.

« Mais qu'est-ce qui vous prend ? s'étonna-t-elle.

— Il me prend, bégaya Thomas, que je n'aime pas être pris en photo. »

Il avait l'air furieux. Nouche lui tendit l'appareil et, au beau milieu du trottoir, se mit à poser pour lui.

« Eh bien moi, déclara-t-elle, c'est le contraire. »

De l'autre côté de la vitre, une vendeuse l'observait en se grattant le nez. Thomas fort embarrassé appuya sur un bouton qui ne devait pas être le déclencheur, car un bruit de moteur s'éleva qui tira Raspoutine de sa léthargie. Nouche rougit. La pellicule se rembobinait. « Rien à faire, soupira-t-elle, c'est automatique, le film est perdu. »

Perdu ? Thomas Morhange protesta. « Et les clichés qui sont dedans, s'indigna-t-il, vous n'allez pas me dire que... »

Nouche hocha la tête. « Vous les voulez ? » demanda-t-elle.

Sans attendre sa réponse, elle sortit la bobine et la glissa dans la poche de Thomas. Il la remercia. Nouche répéta deux ou trois fois qu'il n'y avait pas de quoi, qu'elle s'excusait, qu'ils se verraient le lendemain, à la répétition. « Il n'y a pas de quoi », dit-elle encore et ils se serrèrent la main.

Pas de quoi ? Pas de question, pas d'histoire, des regrets seulement et du bonheur, un instant, à sentir la main de Nouche dans la sienne. Il avait été ridicule. En rentrant chez lui, il jeta la pellicule à la poubelle. L'idée que son image était enfermée dans ce petit cylindre métallique le rassurait plutôt, il se sentait libéré de lui-même, étrangement protégé du regard des autres, de celui de Jean, par exemple, ou de Noé. Là on ne viendrait pas lui demander des comptes, on ne viendrait pas le déranger. Il ne devait rien à personne.

Thomas arrivait toujours très en avance aux répétitions. Il avait besoin de se concentrer avant d'affronter ses choristes. Ce lundi-là, alors qu'il se préparait à partir pour Saint-Léonard, il alla brusquement rechercher le film de Nouche dans la poubelle et, abandonnant Raspoutine chez lui, courut jusqu'au laboratoire le plus proche.

Dans la vitrine s'amoncelaient les bobines vides. Il pensa à l'étalage prétentieux de la veille, ces bouteilles de champagne volant au-dessus des saumons fumés. Au milieu d'un océan de fer, cette fois, trônait une machine flamboyante qui crachait régulièrement des photos. De temps à autre un gyrophare se mettait en route et deux employés vêtus de blouses blanches se précipitaient hors du comptoir. Leurs mains gantées plongeaient dans le ventre de la bête. Elles en sortaient des bouteilles opaques ou des feuilles gluantes et froissées. Quelques secondes plus tard, le cœur se remettait à battre sous le regard satisfait des clients.

Thomas Morhange hésita longuement avant de se résoudre à entrer dans la boutique. N'y avait-il pas quelque chose de malsain à s'exposer ainsi, en pleine rue ? Enfin il se décida : son impatience l'emporta sur sa pudeur, il n'avait pas le courage d'attendre le lendemain — et le secret d'une pochette grise — pour découvrir ce que recelait son trésor. Le cliché avec Raspoutine était-il le premier de la pellicule ? Dans sa confusion, il passa devant tout le monde et fut renvoyé par l'un des opérateurs qui lui désigna de son index livide le bout de la file. Thomas s'y rendit en traînant les pieds. Lorsque vint son tour, il remit le rouleau à l'employé qui lui donna en échange un ticket vert et le pria de repasser dans l'heure qui suivait.

Quarante minutes plus tard, Thomas était de nouveau là, sur le trottoir, planté devant la machine qui ne se lassait pas de régurgiter ses petits rectangles de papier glacé. Il vit défiler les vacances en Espagne et les feux d'artifice du 14-Juillet, la plage, les amoureux (elle, paupières baissées, puis lui un instant plus tard, fier comme un coq de combat, enfin tous les deux ensemble, un peu hors cadre, devant une pompe à essence), les portraits de bébés aux yeux rouges ; il vit beaucoup de paysages surexposés et le chantier de la Bastille sous toutes ses coutures, le Génie s'envolant au-dessus des grues, enfin un visage de femme surgit par la fente et Thomas se colla contre la vitrine pour dissimuler autant que possible aux passants ce qui n'appartenait qu'à lui. Le corps suivit, gentiment enroulé sur un lit au milieu de coussins colorés. Nouche était nue.

Thomas se précipita dans le magasin pour retirer la photo de la masse des épreuves. Il voulut s'en saisir mais le gyrophare se mit à tourner et les hommes s'élancèrent vers lui en hurlant qu'il ne se rendait pas compte et qu'il n'avait qu'à faire comme chez lui pendant qu'il y était. Thomas ne savait plus où se mettre. Aurait-il arraché un nouveau-né des bras de sa mère qu'il n'eût pas été traité autrement. Des badauds, alertés par les éclats de voix, formaient déjà un attroupement autour de la boutique. Le corps de porcelaine avançait sur le tapis roulant qui le menait à la sécheuse et chacun put admirer à loisir la finesse des articulations de Nouche. Lorsque Thomas apparut sur l'image suivante, tous se tournèrent vers lui. Raspoutine, affalé comme un vieux tapis sur son épaule, fixait l'objectif avec une intensité inquiétante. Ne sortaient plus maintenant de la machine que des rectangles blancs. Les employés s'en inquiétèrent, effectuèrent quelques réglages, mais les couleurs ne semblaient pas disposées à reprendre leur place. Thomas les rassura, il avait rembobiné la pellicule par mégarde, et insista cependant pour conserver les tirages vierges qui continuaient à défiler sur la courroie, toutes ces photos de Nouche qu'il aurait pu faire, tous ces clichés qu'il se plaisait à imaginer.

Epreuves en main, Thomas se dirigeait vers l'église Saint-Léonard. L'heure de la répétition approchait.

Au lieu de l'angoisser, la perspective de retrouver les Célestins le soulageait d'un grand poids. Presque malgré lui s'était prise la décision : dans une heure à peine, il annoncerait aux choristes qu'il renonçait à diriger la Marche funèbre.

Nouche se demandait si Thomas aurait la curiosité d'apporter la pellicule à développer. Elle s'en voulait de l'avoir photographié contre son gré. Comment se faire pardonner, comment dire que depuis cette rencontre dans la rue elle n'avait cessé de penser à lui ? La veille, elle avait trouvé chez un bouquiniste un livre sur la culture des nénuphars. Elle pourrait arriver en avance à la répétition et le lui donner, simplement. Nouche se demanda encore si la photo où elle posait nue était réussie. Lovée parmi les coussins du lit conjugal, elle suppliait son mari de la prendre — elle aimait bien le provoquer, et lui qui déjà était en retard...

Jean et ses problèmes d'abattage, Jean et ses déboires avec les fonctionnaires des mines, Jean ou la découverte d'un gisement, l'ouverture d'un nouveau marché, Jean pionnier en pantoufles, pourquoi l'avait-elle épousé ? Elle se revoyait courant pieds nus sur les rochers de sa Provence natale. Il passait toutes ses vacances dans la maison d'à côté, des fenêtres de sa chambre s'envolaient été après été valses et concertos. A l'époque, Nouche préférait la guitare sèche aux baisers mouillés. Alors que ses parents voulaient la placer en apprentissage chez sa tante qui dirigeait un salon de coiffure à La Napoule, l'adolescente avait cédé aux avances de son voisin. Il lui avait offert un violoncelle comme cadeau de fiançailles, ainsi qu'une collection de flacons remplis de sables différents. Le plus blanc venait de Fontainebleau et servait à la fabrication du cristal de Murano.

Un violoncelle, des partitions et encore de la silice. Depuis, ils vivaient ensemble ce petit bonheur crevassé qu'il fallait arroser chaque jour, un petit bonheur inégal aux teintes pastel, fait d'impasses et de conventions. Jean était gentil, sensible, intelligent, que demander de plus ?

Nouche se le répétait sans cesse : il est gentil, il est tellement gentil.

Ils s'étaient installés à Paris. L'appartement sentait le renfermé. Nouche avait mis des plantes partout, suspendues au plafond, grimpant autour du lit, enveloppant dessertes et commodes, s'insinuant dans le moindre recoin avec autant d'application que si elles avaient voulu protéger les meubles du vide qui les entourait. Jean dirigeait déjà l'entreprise familiale, ces Sablières de France que son père lui avait léguées. Le soir, on parlait calcaire, oxyde de fer et granulométrie. Chaque fin de mois voyait apparaître une autre série de mots, prononcés ceux-là d'une voix sombre : échéances, délais, traites et autres termes qui, s'enflant à mesure que passaient les jours, éclataient enfin lorsque Jean se résignait à prendre un nouveau rendez-vous avec son banquier. L'expert-comptable téléphonait à des heures indues pour régler les derniers détails de la rencontre. Les clients se décidaient à payer. L'atmosphère se détendait. Des messieurs pansus se succédaient autour de la table. Nouche ratait régulièrement ses soufflés. Il était question d'exporter du sable vers l'Arabie Saoudite, elle tournait la salade en écarquillant les yeux, il y avait là un projet qui lui inspirait quelques doutes sur les capacités commerciales de son mari. Jean lui expliquait : l'argent du pétrole, la construction des villes nouvelles, les besoins en verre et en béton. L'importation, affirmait-il, revenait moins cher que l'ouverture d'une carrière sur place. Nouche encore tournait la salade sous le regard amusé du directeur financier. Elle était ailleurs. La vision des camions déchargeant du sable normand en plein désert la poursuivait jusque dans ses cauchemars.

Le buffet de la cuisine se couvrit à son tour de noyaux d'avocats et de boutures qui faisaient des racines, comme on dit d'un enfant qu'il fait ses dents. Nouche dépotait, rempotait, son ventre se mit à grossir, les radicelles s'emmêlaient : enfin elle accoucha. Il fut convenu que Jean inviterait désormais ses partenaires au restaurant.

En trois ans, le chiffre d'affaires des Sablières de France doubla et Nouche, à défaut de perfectionner ses talents culinaires, eut tout le temps d'apprendre à jouer du violoncelle. Gammes et exercices l'aidèrent à chasser cette impression de perpétuel décalage qui lui empoisonnait l'existence depuis qu'elle habitait Paris. Noé était né en septembre, sous le signe de la Vierge, et ressemblait plutôt à son père. Nouche eût préféré un petit Lion, bien qu'elle prétendît n'attacher aucune importance à ces futilités, et décida aussitôt de faire un autre bébé.

Un deuxième contrat avec les pays arabes fut signé, mais le frère, ou la sœur rêvée ne vint jamais. Noé resta fils unique, malgré tous les efforts de ses parents et des médecins qu'ils consultaient. L'enfant ne s'en plaignit pas. C'était déjà assez troublant de partager sa mère avec un violoncelle.

Noé grandit trop vite, à l'image des plantes qui l'entouraient. Son teint de serre et ses longues jambes lui donnaient un air perdu qui attirait la compassion des adultes. L'appartement était surchauffé, aussi Noé avait-il pris l'habitude de se déshabiller en rentrant de l'école. Il révisait ses leçons tout nu, allongé sur la moquette au milieu des papyrus, protégé par ce caoutchouc géant que sa mère avait installé près de son berceau, et qui envahissait maintenant l'espace de ses feuilles luisantes. Jean s'était battu pour qu'on enlevât ce monstre de la chambre de sa progéniture, mais lorsque enfin Nouche s'y était résignée, il ne passait plus par la porte, ni même par la fenêtre. Il aurait fallu le couper, et ça, pour rien au monde Noé ne l'aurait accepté. A l'écouter, le caoutchouc était membre de la famille à part entière, au même titre que le violoncelle maternel.

Jean avait beaucoup de mal à s'imposer aux yeux de Noé. Peut-être parce qu'il était marchand de sable, et qu'à son âge on ne croyait déjà plus aux contes de fées, l'enfant lui réservait une attitude pleine de suspicion. Il avait l'impression que son père marchait sur la terre comme un somnambule sur le rebord d'un toit et méritait à cet égard d'être traité avec méfiance et délicatesse. Pourtant, rien dans la vie de Jean ne pouvait inspirer de telles conclusions, ni ses costumes qui revenaient chaque semaine de chez le teinturier dans leur enveloppe de papier craquant, ni sa voix grave, bien posée, ni même l'attention méticuleuse qu'il portait à la scolarité de son fils. Jean vendait du sable comme d'autres des chaussettes, il n'avait aucune conscience de la nature chimérique de son métier et parlait de ses insomnies sans en mesurer le caractère paradoxal. C'était un être foncièrement bon, construit d'une pièce, d'un seul tenant. Un être élevé en bordure de carrière dans le respect des ouvriers et la crainte des éboulements.

Jean chantait avec les Célestins depuis la fondation de l'association. Il avait réussi malgré son travail à préserver ces quelques heures de répétitions hebdomadaires — bouffée d'oxygène indispensable, prétendait-il, au bon fonctionnement de l'entreprise. Ses employés riaient sous cape lorsqu'ils voyaient leur patron entrer dans les toilettes avec son costume trois pièces pour ressortir en bras de chemise, le cheveu lustré et l'air guilleret de celui qui prépare un mauvais coup.

D'une démarche printanière il traversait le bureau de sa secrétaire. « Je file ! » lançait-il en clignant de l'œil. Celle-ci faisait semblant de ne pas remarquer son départ, par respect pour sa vie privée. On croyait qu'il avait une maîtresse, peut-être réussissait-elle les soufflés, pourtant Nouche était ravissante, qu'allait-il donc chercher, tous les lundis à la même heure, et depuis tant d'années ?

C'était bien mal connaître Jean que de croire qu'une

liaison parallèle l'aurait mis de bonne humeur. Nouche n'avait rien à craindre : si curieux que cela puisse paraître, son mari, petit-fils de pasteur, sablier par son père et claustrophobe de surcroît, passait effectivement trois heures par semaine, et bientôt en passerait six, enfermé avec une centaine d'hommes et de femmes inconnus dans une salle pauvrement éclairée située au deuxième étage d'un presbytère. Serré contre eux, fenêtres closes (« Les courants d'air ! » criaient les Tricoteuses dès qu'un souffle de vent osait effleurer leurs boucles permanentées, « les courants d'air », geignait Yoghourt en suçotant ses granules homéopathiques contre la toux, « les courants d'air », reprenaient les ténors en se moquant des unes et des autres — mais déjà l'Albinos se précipitait vers la fenêtre pour la fermer), il se pliait sans broncher aux exigences de celui qui s'agitait derrière sa partition, là-bas, près du piano.

Si Jean ne parlait jamais à ses collègues, ni à sa secrétaire dévouée, de ces répétitions, c'est qu'il redoutait leur jugement. Nouche, malgré sa passion pour le violoncelle, n'imaginait-elle pas la chorale comme une espèce de groupement d'anciens pensionnaires, adeptes de Baden Powel, nostalgiques de l'uniforme et du coup de baguette sur les doigts ? Certes, les Célestins donnaient chaque année plusieurs concerts en l'église Saint-Léonard, mais l'ancien chef n'avait pas assez de talent pour que ces démonstrations dépassent le stade de la bienfaisance, aussi Jean préférait-il garder pour lui ce que les autres n'auraient su apprécier.

C'était un peu cela, les Célestins, avant l'arrivée de Thomas Morhange : un endroit qui faisait du bien. Une des sept mille chorales de France, sans que rien — sinon la stabilité de ses effectifs — ne puisse la distinguer de la masse. Les bénéfices, quand il y en avait, allaient aux œuvres de la paroisse. Les Tricoteuses rêvaient cependant d'acheter pour la collectivité un bout de champ ou de forêt, non loin d'une rivière. Elles s'imaginaient bien déchiffrer quelque motet a cappella au bord de l'eau pendant que ténors et altos, rouges et suants, défricheraient le terrain. Il y avait là une série de consonances qui les enchantaient. Les basses étrangement semblaient dispensées des gros travaux, oui, toujours les basses étaient ménagées.

En fait de friche, l'année s'achevait sur une grande fête où tout le monde apportait des gâteaux. Nouche y accompagnait Jean, au début, ce qui n'avait pas vraiment plaidé en faveur du chœur. Il fallait l'entendre raconter la scène. Le chef mettait sa chemise bleu ciel à manches courtes, toujours la même. Les choristes se pressaient autour de ses bras poilus, il se laissait gaver de compliments et de sucreries, chacun tenait à lui offrir sa spécialité, chacun voulait être reconnu, préféré et — ô comble du bonheur — appelé par son prénom devant les autres.

« Le clafoutis d'Irène est une pure merveille », disait-il en faisant sauter le bouton de son pantalon à carreaux, et Irène rougissante dictait sa recette à l'assemblée. On notait rageusement le temps de cuisson au dos de sa partition. Il faudrait s'en souvenir pour l'année suivante : le chef aimait le clafoutis aux cerises.

Seuls les plus anciens échappaient à son attraction,

non qu'ils fussent moins attentifs à ses goûts ou à sa parole, mais parce qu'ils devenaient eux-mêmes des personnages importants, répétiteurs potentiels, donc adulés. Jean appartenait à cette catégorie privilégiée qui regroupait déjà parmi ses meilleurs éléments la pianiste au visage lunaire, l'Albinos, Yoghourt et quelques membres du groupe des Tricoteuses. Il savait cependant se tenir à l'écart de toute compétition affective et manger son plum-cake sans abuser de la situation. Parfois une alto venait lui proposer quelque chose à boire. Il refusait poliment et la conversation s'arrêtait là. Pour lui, le chœur n'était pas un remède contre la solitude. Il y avait sa place, au centre des basses, pupitre dans lequel il jouissait d'une excellente réputation, cela lui suffisait. Lorsqu'il chantait, on l'écoutait, et déjà c'était un bonheur que d'entendre les autres voix se fondre dans la sienne. Que le chef manquât de finesse n'enlevait rien à cette sensation divine, au contraire. Les notes se déroulaient dans l'espace avec simplicité, ce qui permettait à Jean de s'y poser en toute confiance. Il n'avait jamais peur de se tromper. Jamais peur de tomber à côté, par maladresse ou par ignorance. Tout était dit, tout semblait clair. Nouche pouvait rire : pour rien au monde il ne se serait privé de ce plaisir-là.

Lorsque Noé commença à se lasser de ses cours de flûte à bec et qu'il manifesta le désir de s'inscrire aux Eclaireurs, Nouche suggéra à son mari de l'emmener avec lui à la chorale. Au moins, se disait-elle, il continuerait à apprendre le solfège.

Noé accepta. En grandissant, il avait acquis un sens

aigu des responsabilités et portait sur sa famille le regard protecteur des enfants dont les parents sont séparés. Il se doutait qu'un jour ou l'autre il serait obligé de leur faire beaucoup de peine en refusant la direction des Sablières — car il était hors de question qu'il suivît le chemin de son père —, en attendant il préférait les ménager. Aussi, lorsque sa mère lui demanda d'accompagner Jean aux Célestins, le fit-il sans broncher, comme il aurait accompagné son petit frère à la patinoire, si petit frère il y avait eu.

La première année se déroula sans heurt ni débordement. Père et fils se regardaient, finalement attendris l'un par l'autre, et les choristes jubilaient. Noé chantait avec les sopranos ; l'ancien chef lui passait la main dans les cheveux à la fin des répétitions, il l'appelait « notre petit ange » et lui parlait à la troisième personne, enfin les Tricoteuses se l'arrachaient, c'était à celle qui confectionnerait le plus beau jacquard, la plus belle écharpe à pompons de l'hiver. Seul l'Albinos supportait mal sa présence et ne manquait pas une occasion pour le lui faire sentir. Il n'appréciait guère d'être détrôné de sa position dominante. Le public l'avait toujours traité comme une curiosité zoologique, LA curiosité du chœur des Célestins. N'allait-on pas le bouder désormais au profit de ce gamin aux jambes cagneuses ?

Ses craintes se virent confirmées dès le premier concert. Lorsque Noé vint se placer sur l'estrade avec son pupitre, il reçut une véritable ovation. Assurément, le tableau ne manquait pas de pittoresque : lui tout en long devant ces dames tout en large, sa petite tête pâle parmi les colliers de perles, voilà qui méritait d'être acclamé. Par chance, Noé ne comprit pas que ces applaudissements lui étaient destinés. Accroché à sa partition, il regardait droit devant lui, il se concentrait. L'ancien chef entrait maintenant, son pas martial résonnait dans l'église, il adressa un sourire plein de vilaines dents au public et se retourna. Il ressemblait à un ours savant, le nez en l'air, la narine frémissante, un ours qui attend sa pitance. L'émotion retomba. Les choristes se poussaient du coude, on se raclait la gorge. Bientôt, le chef lèverait ses deux mains pour obtenir le silence — ce silence que sa seule présence n'avait jamais réussi à imposer. Personne ne savait encore que ce serait son dernier concert : quelques semaines plus tard il mourrait, foudroyé par une perforation du gros intestin.

Nouche se félicitait d'avoir suggéré à Jean de prendre son fils avec lui. Chanter ensemble leur avait fait beaucoup de bien, à l'un et à l'autre. Nouche regrettait seulement que le chef ne fût pas à la hauteur de son chœur, et elle ne disait pas cela à cause de ses bras poilus comme le prétendait Noé. Il dirigeait sans fantaisie ni rigueur, note à note, ses interprétations manquaient à la fois d'aisance et de retenue. Parfois, les envolées lyriques des sopranos frôlaient le mauvais goût, mais c'était là un défaut qui avait ses qualités : enfin, il se passait quelque chose. Basses et altos chantaient avec précision et gentillesse. Quant aux ténors, visiblement conduits par cet albinos qui les précédait toujours d'un quart de temps, ils donnaient le meilleur d'eux-mêmes dans les fugues et les mouvements rapides. Leur diction était excellente. Il suffirait de changer la direction musicale, disait Nouche lorsque Jean lui demandait son avis à la fin des concerts. Il haussait les épaules. Peut-être avait-elle raison.

Mourir au mois d'août n'est pas un cadeau à faire à ses proches, l'ancien chef en avait parfaitement conscience, le noir tient chaud, les amis sont en vacances, les magasins de fleurs fermés, mais que pouvait-il y changer ? Il lutta, un peu, puis se laissa emporter par la maladie. Il disparut comme il avait toujours dirigé, à la va-vite. Ses frères — l'ancien chef était vieux garçon — se donnèrent beaucoup de mal afin d'organiser une cérémonie en son honneur à l'église Saint-Léonard. Il fallut déloger les choristes de leurs résidences estivales et trouver un musicien qui accepterait de les prendre en main, comme disait Dialyse, au pied levé. Jean effectuait sa tournée des carrières, la pianiste et l'Albinos campaient quelque part en Finlande, la situation semblait désespérée. Heureusement, Médard et son Petit Rat, qui depuis la création du chœur s'occupaient de l'intendance, se portèrent au secours de la communauté.

Le zèle qu'ils déployèrent pour reconstituer en quelques jours un ensemble digne de ce nom étonna tout le monde. Ils ne s'étaient jamais vraiment intéressés à l'ancien chef et leur omniprésence dans les couloirs du presbytère dénotait moins une curiosité artistique que le souci de faire respecter les règles en vigueur au sein de leur domaine : ne pas fumer dans la salle, remettre la clef des toilettes à sa place, ne pas toucher aux missels rangés sur les rayonnages de l'armoire, ne pas chanter en sortant dans la rue, telles avaient été jusque-là leurs seules et uniques préoccupations. Pourtant, la mort de l'ancien chef les propulsa au premier plan des Célestins, et c'est eux qui furent chargés de dénicher la perle rare capable de diriger le chœur en cette funeste occasion. Raton eut la bonne idée de s'adresser au conservatoire de la rue de Madrid, enfin à son gardien puisque l'établissement était fermé pour les vacances, et ainsi tomba sur Thomas Morhange. Il répondit qu'il connaissait quelqu'un qui pourrait les tirer d'embarras et se présenta lui-même en fin de journée à Saint-Léonard.

Son expérience, plus que ses diplômes, impressionna Médard. Thomas avait suivi de nombreux stages avec les meilleurs chefs du monde entier et semblait tout à fait capable de conduire les Célestins. L'organiste d'une église voisine accepta de participer à la cérémonie. Ils choisirent ensemble le répertoire : trois motets et une cantate de Bach s'ajouteraient au traditionnel service funèbre.

Thomas s'en sortit magistralement. On n'osa pas le dire trop fort devant la famille de l'ancien chef, mais il réussit en deux répétitions à faire plus que le défunt en cinq années de labeur — à faire de la musique, tout simplement.

Il fut convenu de manière tacite qu'on proposerait à ce jeune homme de prendre dès la rentrée la tête des Célestins. Pour ne pas l'effrayer à la perspective de la charge administrative que sous-tendait une telle fonction, Médard assurerait désormais la gestion complète de l'association. Dans un élan de magnanimité, il délégua à Raton la responsabilité des archives du chœur. Chaque participant aurait sa fiche numérotée, chaque projet sa chemise, chaque réalisation son dossier. Absences et retards seraient consignés sur un cahier spécialement conçu à cet effet. Médard recevrait les choristes afin d'éliminer ceux qui venaient en dilettante. Il recruterait de nouveaux chanteurs, plus motivés, et surtout plus malléables. Une cotisation conséquente leur serait demandée, ainsi tout le monde participerait à l'entreprise de rénovation de l'image des Célestins. Les Médard tenaient à ce que les présentations du chœur s'inscrivent désormais dans le programme des grands concerts parisiens, et pour cela il fallait remplir les caisses de l'association. Il n'était plus question de piocher les solistes parmi les membres de la chorale. « Et je me fais fort, affirmait Médard qui se prenait très au sérieux dans son nouveau rôle, d'obtenir des subventions du ministère dès la saison prochaine. »

Une chose était sûre : Thomas Morhange n'aurait à s'occuper de rien. Le chœur serait mis à sa disposition à partir du 15 septembre, au rythme de deux répétitions par semaine, et pour un salaire qui lui permettrait de subsister sans avoir recours à un autre emploi.

Thomas accepta tout en bloc, légitimant ainsi le pouvoir de Médard qu'il crut installé depuis toujours à ce poste d'administrateur. En termes de travail et de perspectives, leurs désirs s'accordaient. Il fut seulement un peu surpris par la sévérité des règles de la communauté et se réjouissait de ne pas avoir à les faire respecter lui-même. Il s'imaginait mal renvoyer un choriste parce que celui-ci arrivait en retard ou glissait un mot à son voisin pendant les répétitions. Médard s'indignait lorsqu'il osait avancer une réflexion à ce sujet. « Le chœur est votre instrument, protestait-il. Accepteriez-vous des touches de votre piano qu'elles se coincent au milieu d'un concerto ? »

Thomas ne savait pas quoi répondre. Il n'avait jamais considéré ses choristes en ces termes, comme des objets, assemblages savants de poumons, de diaphragmes et de cordes vocales, pourtant il y avait quelque chose de vrai dans les propos de Médard : lorsqu'il se laissait emporter par la musique, Thomas sentait les voix se détacher des corps, toutes ensemble, pour se transformer en une matière qu'il modelait selon son inspiration. Il expliqua cela à Médard qui en conclut qu'ils étaient faits pour s'entendre, et lui serra la main sous le regard frileux de Raton.

Le Petit Rat n'aimait pas voir son Médard sourire de cette façon-là.

Thomas Morhange suggéra d'inaugurer la saison en travaillant le Requiem de Fauré. Avant d'oser monter la Marche funèbre pour la Mort d'un Nénuphar (car telle était sa secrète ambition), il pensait qu'il serait sage d'asseoir sa réputation sur une œuvre de cette envergure. En outre, le Requiem correspondait assez bien à l'image que ce chœur en pleine mutation donnait de lui-même. Sa force poétique rejaillirait certainement sur l'atmosphère générale du groupe et Thomas serait en mesure de lier connaissance sans avoir à lutter contre la molle pesanteur qui ne manquerait pas d'envahir les chanteurs lorsqu'ils aborderaient un répertoire moins connu.

Le projet fut accepté et comme prévu les premières

répétitions provoquèrent une vague d'enthousiasme et d'éternuements. Le chœur se réveillait. La poussière accumulée durant toutes ces années d'hibernation stagna quelques semaines au-dessus de lui, comme si l'ancien chef voulait se rappeler à son bon souvenir (Thomas préférait-il le clafoutis au plum-cake ?), puis disparut. Il y eut encore une ou deux poussées allergiques chez les esprits récalcitrants, le langage de Thomas, décidément, bouleversait les habitudes, mais dans l'ensemble ses observations furent reçues avec beaucoup d'intérêt. Il reprochait aux choristes de chanter juste, mais de respirer mal. « Vous vous précipitez sur les notes, leur expliquait-il, comme si vous aviez peur qu'on vous arrache la partition des mains. On dirait un chant de criquets affamés, ça manque de souffle, de perspectives. »

Thomas se taisait. On respectait son silence.

« Si vous n'imaginez pas la musique, disait-il encore, soyez certains que le public restera sourd à vos plus ardentes supplications. Parlez-lui, racontez-lui une histoire. Ne pensez pas à ses oreilles, mais à ses yeux, à son âme. Donnez-lui à voir plus qu'à entendre, alors il vous écoutera. »

Du fond de la salle, Médard manifestait son impatience. « Il faut se concentrer, ponctuait-il, tout est dans la concentration. »

Les réflexions intempestives de l'administrateur irritaient, mais comme Thomas les accueillait avec indulgence, on les supportait. Entre eux, les choristes se demandaient pourquoi le chef agissait ainsi. Une seule chose leur échappait : c'était Raton qui avait sorti Thomas Morhange de sa loge de concierge, et non le contraire.

Plus que tout autre, Noé vécut l'arrivée de Thomas comme un cadeau tombé du ciel. Il commençait à se lasser des minauderies de l'ancien chef et de cette manie qu'il avait de l'appeler son petit ange en lui tapotant la joue.

A onze ans, Noé n'avait en effet rien d'un chérubin. C'était un enfant curieux, au double sens du terme. Il ressemblait au chat de Giacometti, perché sur ses longues pattes, toujours à l'affût, toujours prêt à détaler, une de ces bêtes qui tournent autour des poubelles. Malgré son naturel craintif, il aimait à flirter avec le danger, s'esquivant au dernier moment d'une pirouette maladroite. Il retombait tant bien que mal sur ses pieds et allait se réfugier sous son caoutchouc, s'il était chez lui, ou dans l'enceinte protectrice des Tricoteuses.

Le Requiem de Fauré lui apporta plus de bonheur qu'il n'en aurait jamais espéré. Sa voix claire répondait parfaitement au désir de Thomas, la partition des sopranos semblait écrite pour lui, sur mesure, pour ce jeune garçon qui chantait parce qu'on lui avait demandé de chanter et qu'il trouvait ça beau, simplement. Thomas Morhange le citait souvent en exemple. Les Tricoteuses s'efforçaient de l'imiter, cherchant en vain à retrouver la pureté cristalline de leur timbre d'enfant. Parfois, l'une d'elles se laissait emporter par le courant d'un puissant vibrato et tout le monde la regardait d'un air gêné. Elle rougissait, on riait, même les ténors finirent par se détendre un peu. Noé en profita pour grandir encore et les deux années qui suivirent la mort de l'ancien chef se déroulèrent sans ombre particulière. Il apprit à respecter son père, ou tout du moins à l'écouter. Il reconnaissait en lui la nature généreuse des hommes de bonne volonté, admirait son caractère égal, sa loyauté, son audace même — car il fallait être sacrément culotté pour aller vendre du sable à l'Arabie Saoudite. Le seul grief qu'il nourrissait contre lui était de taille, cependant : il lui reprochait d'être son père.

Non sans l'aimer profondément, Noé aurait préféré que Jean assumât une fonction moins essentielle à son égard, qu'il soit son oncle par exemple, son voisin de palier ou quelque ami perdu, de ceux qu'on invite le dimanche à déjeuner parce que leur femme est partie. Alors, il aurait accepté Jean comme il était. Mais en tant que père, en toute sincérité, il avait un peu honte de lui. Peut-être simplement se croyait-il obligé de lui ressembler, puisque telle était la mission du fils unique, et ne voyait pas par quel miracle il y parviendrait.

Noé rêvait d'une autre vie. Il voulait un père faillible, passionné, et non une de ces affiches en trompe l'œil qui couvrent les façades des cinémas de quartier. Jean sentait la brillantine et connaissait sur le bout des doigts la liste des départements. Pourquoi fallait-il toujours qu'il eût raison ? Avant de s'endormir, chaque soir, Noé passait de longues heures à mettre en scène la mort de ses parents. Un accident, il courait à l'hôpital, les infirmières le prenaient en pitié, les médecins lui parlaient en baissant les yeux, ils ne pouvaient soupçonner que l'enfant trouvait un certain réconfort à errer dans ces couloirs aux murs ripolinés, seul, bientôt maître de son destin et de ses sentiments.

A l'enterrement, tout le monde était là, la famille

bien sûr mais aussi les employés des Sablières, on pleurait beaucoup. Alors se déroulait l'épisode le plus excitant de l'histoire, la récompense après toutes ces images en noir et blanc : Thomas Morhange proposait à Noé de venir habiter avec lui.

Oui, Thomas l'adoptait.

Certains jours, Noé laissait à sa mère la chance de survivre. Nouche restait seule dans le grand appartement familial, entre ses plantes et son violoncelle, elle ne les dérangeait pas.

Le Requiem de Verdi marqua la fin de cet état de grâce. Noé commença à sentir sa voix lui échapper dès le début des répétitions. Sans que rien ne le laissât prévoir, elle sautait d'une octave à l'autre et malgré ses tentatives désespérées pour dissimuler ces brusques altérations, Noé dut se rendre à l'évidence : il muait. Lorsqu'il s'en aperçut, Thomas lui conseilla d'arrêter de chanter quelque temps. Une année ou deux, disait-il, comme si cela allait de soi, pendant lesquelles il pourrait perfectionner son solfège ou apprendre un nouvel instrument. Jean partageait cette opinion. Noé reçut en compensation une flûte traversière qu'il refusa obstinément de toucher. Elle resta démontée sur son tapis de fourrure synthétique, enfermée dans son petit cercueil, entre les livres et les crayons. Là gisait l'objet en morceaux, représentation matérielle de ses appréhensions. L'instrument le suivrait toute son existence, d'une maison à l'autre, jamais Noé n'oserait s'en séparer.

Les Tricoteuses le regardèrent s'éloigner en soupirant, l'Albinos se frottait les mains : c'était officiel maintenant, Noé muait, Noé quittait les Célestins. Abandonnés par leur mascotte, les choristes reportèrent leur affection sur Raspoutine.

Noé se mit à bégayer. Loin de le rassurer, l'idée de devenir un homme sonnait comme une irrévocable condamnation. A en croire son père, il aurait dû être fier de cette ombre naissante au-dessus de ses lèvres. Il se sentait piteux, dépossédé, mal dans ce corps trop grand, et sans cesse la même question s'imposait à lui : qu'avait-il fait de si terrible pour être ainsi chassé du royaume des femmes ?

Ses rêves d'orphelin s'envolèrent — personne ne voudrait adopter un adolescent boutonneux à la voix de canard. Thomas avait Raspoutine et Raspoutine lui suffisait. Seul il resterait désormais si ses parents venaient à disparaître.

Parfois, Noé assistait en cachette aux répétitions des Célestins. Il montait sur la pointe des pieds les marches du presbytère pour ne pas éveiller l'attention des administrateurs et s'installait dans le couloir, le dos collé contre le mur. De tous les pores de sa peau il écoutait. Peu à peu ses forces l'abandonnaient, comme si chaque note qui s'élevait de l'autre côté de cette porte close était un lambeau de chair arraché à son propre corps. A mesure que les voix s'amplifiaient, il se sentait perdre sa substance, et son dos décharné glissait lentement, lentement le long du mur. Accroupi, la tête renversée en arrière, il laissait enfin couler ses larmes.

Il n'y avait rien à faire qu'à attendre.

Bientôt, disait Nouche pour le consoler, il pourrait chanter avec les ténors.

Un jour, pensait Noé, son père lui céderait sa place dans le pupitre des basses. Un jour.

Lorsqu'il arriva à Saint-Léonard, Thomas Morhange tenait encore à la main les photos de Nouche. La vision de son joli corps enroulé sur lui-même au milieu des coussins l'obsédait. Il songeait au nénuphar de la Marche funèbre, sa fleur délicate posée sur une feuille en forme de cœur, son fruit aux pouvoirs magiques. Il entendait la voix de la jeune femme. Il l'imaginait dans la chambre conjugale. « Il n'y a pas de quoi, murmurait-elle en s'allongeant sur son lit, pas de quoi... »

Nouche s'étirait, Jean sortait son appareil photographique de sa gaine de cuir, il caressait du bout de l'objectif la surface lisse de ce dos parfait qui s'offrait à lui. C'est alors que Nouche s'était repliée sur elle-même et que son mari, se reculant de quelques pas, avait appuyé sur le déclencheur... Thomas se revoyait petit garçon, glissant son pouce et son index entre les barreaux du photomaton pour récupérer ses premières photos d'identité, quatre portraits en noir et blanc, quatre visages recouverts d'une matière gluante qu'il fallait faire sécher sans y laisser d'empreinte. La raie sur le côté, l'air inquiet, déjà, il agitait la bande humide et sa mère le regardait se débrouiller tout seul, attendrie à l'idée que cet enfant timide prendrait un jour la revanche d'Alkan.

Le rideau bleu qu'il avait oublié de tirer, la blancheur meurtrière des éclairs, cette impression d'être volé, quatre fois de suite, violé en pleine rue et avec la complicité de ses parents, l'enfant retenait ses larmes...

Thomas s'arrêta quelques instants dans l'entrée du presbytère pour reprendre son souffle — il avait couru — et n'alluma pas tout de suite la lumière du couloir. Une dernière fois, il imagina les reins de Nouche qui se creusaient au milieu des coussins. Il essayait de l'approcher mais elle l'en empêchait, peut-être n'était-ce qu'un jeu, elle se dérobait en riant.

Une porte claqua dans les étages, Raton sortait de ses appartements, ou Médard peut-être. Thomas sursauta. Bientôt, il lui faudrait annoncer aux choristes sa décision d'abandonner la Marche funèbre. Il s'avança vers le bouton de la minuterie, son pied buta sur quelque chose, un paquet rectangulaire qu'il ramassa. En se relevant, il crut reconnaître le parfum de Nouche.

Rêvait-il encore ? Le cœur battant, son parfum sucré, une odeur de pomme, pourquoi restait-elle là, assise dans le noir, pourquoi ne bougeait-elle pas ?

Nouche en effet attendait Thomas. Elle était arrivée encore plus tôt que lui. Elle se pencha et sentit contre sa joue le grain régulier d'une toile un peu rêche. De surprise, Thomas lâcha les photos. Sans réfléchir, elle mordillait l'étoffe, et lorsque ses lèvres rencontrèrent la fermeture Eclair d'un pantalon elle pensa qu'elle pourrait la descendre et trouver en dessous un autre bout de tissu, plus doux probablement, une doublure ouatée, puis une peau fine et légèrement salée qui se tendrait au contact de sa langue.

Thomas se recula un peu, comment osait-elle ? Cette liberté était accablante, il n'avait pas le courage, pourtant il se laissait faire... Nouche se blottissait contre lui, les bras enserrant le haut de ses cuisses, une petite fille qui a peur d'être rejetée, se dit-il, une petite fille perdue. Avec obstination elle se cachait dans les plis du tissu, retardant le moment d'affronter ses désirs, elle aurait aimé disparaître, s'enfoncer jusqu'à s'imprégner de cette odeur enivrante, et surtout oublier ce qui l'attendait à la maison.

Thomas repoussa la tête de Nouche. Il caressa ses cheveux et prit sa main, embrassa le bout de ses doigts, timidement d'abord, puis de toute son âme il embrassait ces ongles lisses, cette paume chaude et offerte, ce poignet et encore ces ongles...

Lorsque Thomas revint à lui, il tenait toujours le paquet, mais c'était bien là le seul objet qui le reliait encore au monde d'avant — ce monde où Nouche n'était que la mère de Noé et l'épouse de Jean. Il cherchait à tâtons maintenant les photos éparpillées sur les marches de l'escalier. Nouche, amusée par cette précipitation à effacer les traces de leur complicité naissante, se leva. En appuyant sur le bouton de la minuterie, sa main frôla une couronne de buis que Médard avait accrochée là, au-dessus d'un thermomètre, comme pour marquer les frontières de son territoire. Elle pensa au cheveu de la maisonnette, ce cheveu blond qui menait la ronde des gnomes barbus.

« Rien ne s'est passé, murmura-t-elle afin de le rassurer, vous m'avez trouvée assise dans l'entrée du presbytère, j'étais en avance, vous aussi, je révisais la Marche funèbre. La lumière était allumée, elle ne s'est jamais éteinte. »

Thomas acquiesça. Sans doute savaient-ils que leur histoire ne faisait que commencer. Comment expliquer autrement l'immense gravité qui les enveloppait soudain ? Ils ne cherchaient plus à fuir et leurs regards n'exprimaient ni honte ni regret. Nouche avait établi des règles et Thomas ne songeait qu'à les transgresser. Pourtant il n'esquissa pas un geste, ne prononça pas un mot qui puisse prêter à confusion.

« J'ai pris de grandes décisions », dit-il en désignant la partition du doigt, comme si, en effet, la lumière jamais ne s'était éteinte.

Nouche l'aida à ramasser les dernières photos, ces clichés blancs qu'elle découvrait d'un air étonné, et celui tout à fait évocateur de son corps parmi les coussins. Comme elle traînait un peu, Thomas les lui arracha presque des mains et lui tendit le paquet sur lequel il avait buté dans le noir. Elle sourit.

« Vous pouvez le garder, c'est un cadeau, expliqua-t-elle, j'avais envie de vous offrir quelque chose. »

Thomas sourit à son tour. Maintenant que les tirages étaient rangés dans sa poche, il se sentait plus tranquille. Il déplia le papier de soie qui enveloppait le livre des nénuphars. Le traité s'ouvrait sur une citation aussi pompeuse qu'énigmatique que Thomas lut à mi-voix.

« Fleurs solitaires sur de longs pédoncules », articula-t-il comme s'il s'agissait d'un texte dont le double sens éminemment érotique l'obligeait à baisser le ton, « lys des étangs qui tendrement se glissent, sans se toucher chaque année ils renaissent — et personne jamais ne connaîtra leur secret. »

Nouche se remaquillait. Elle regarda à la dérobée le pantalon de Thomas, il y avait quelques traces de rouge à lèvres sur le tissu, elle pensa aux pellicules de Médard, se recoiffa, heureusement Thomas portait un veston qu'il pourrait garder pendant la répétition.

Il la remerciait maintenant, troublé par le message que semblait contenir cette phrase mystérieuse sur les nénuphars. Comment ne pas y lire le reflet de ses propres préoccupations ? Depuis un siècle exactement, Alkan attendait qu'on lui offrît l'occasion de ressusciter, et voilà qu'au moment d'accomplir sa mission Thomas se mettait à douter. Depuis son plus jeune âge il se préparait à cet événement et il avait suffi d'une fraction de seconde pour effacer tout ce travail, il avait suffi d'une femme, d'un déclic, d'une photo pour conjurer le destin et lui accorder cette liberté qui lui permettait d'abandonner la Marche funèbre. Il ne devait rien à personne, ni à ses parents ni à son aïeul. Sa vie lui appartenait...

Mais s'agissait-il vraiment de liberté ? se demanda soudain Thomas. Y avait-il pire esclavage : ne compter que sur soi-même, cette chose vaniteuse avec ses deux jambes et son nombril, occupée à se remplir pour se vider, à se montrer (seule, et fière de sa réussite) puis à disparaître (vraiment seule cette fois, sous quelques mètres de terre), pire absurdité que cette quête forcenée de l'indépendance, comme s'il pouvait exister au monde un être indépendant ; idée ô combien révoltante pour Thomas que celle de l'homme libéral, libéré du souci des autres et imbu de son propre cas, de sa propre cause, car tout est propre au pays de l'homme détaché, probablement très blanc, très blond, de l'homme inhabité, individu aux yeux laiteux qui vit dans l'illusion du présent et ne connaît du futur que la pâle projection de ses faits et mensonges — car comment l'imagination résisterait-elle à cette négation du passé ?

Thomas pensa aux Lotophages. Il gardait d'eux un souvenir très ancien, une illustration naïve représentant un guerrier ébahi flottant parmi les nymphéas, la vision embuée d'une classe, également, quelqu'un au tableau qui récite un passage de *L'Odyssée* et s'arrête soudain, rougit, bafouille et se met à pleurer. Les Lotophages, disait la légende, firent manger du lotus aux compagnons d'Ulysse qui en oublièrent leur patrie. La perte de mémoire était une des nombreuses épreuves qu'Homère avait placées sur le chemin de son héros.

« Une épreuve », murmura Thomas en réalisant que le même terme désignait à la fois le tirage photographique et l'expérience du danger, comme si l'un et l'autre participaient du même rite d'initiation. Il revit la machine, celle de son enfance qui lui délivra ses premières photos d'identité et celle, monstrueuse, qui crachait ses clichés dans la vitrine du laboratoire.

L'idée de monter la Marche funèbre perdit de nouveau sa consistance. Elle s'effaçait au profit de Nouche, et Thomas dans un mouvement d'infinie tendresse posa sa main sur son épaule. Elle ne chercha pas à s'esquiver, pourtant dans l'escalier résonnait la voix de l'administrateur. Il appelait son Petit Rat.

« Je voulais vous dire aussi... »

Nouche ne trouvait pas ses mots. Thomas, d'un geste compulsif, vérifia la présence des photos dans la poche intérieure de sa veste.

« J'aime la Marche funèbre, reprit-elle, votre façon de la présenter, cette volonté de vous faire entendre malgré l'incompréhension apparente des choristes. C'est drôle comme parfois il suffit d'une image, d'une couleur pour que la musique d'Alkan... »

Le visage de Thomas se ferma. « Ah bon, s'exclama-t-il, parce que vous appelez ça de la musique ? »

Nouche resta un instant bouche bée.

« Ces premières répétitions ont été catastrophiques, vous le savez aussi bien que moi, poursuivit-il sur le même ton. Je ne vois pas pour qui, ni pourquoi je m'acharnerais. Il s'agit d'une composition mineure, ce serait pure vanité de ma part de vouloir prouver le contraire. Alkan n'a jamais intéressé personne, par quel miracle intéresserait-il soudain les Célestins ? Au mieux, le public retiendra de lui qu'il est mort dans l'oubli, écrasé par sa bibliothèque. Non, vraiment, je crois que je vais m'atteler à quelque chose de plus important. Il y a cette messe de Schumann, par exemple, une messe admirable qui n'est jamais chantée... »

Nouche l'interrompit. L'amertume de Thomas était inadmissible.

« Vous n'avez pas le droit, dit-elle sèchement, de parler ainsi d'un projet qui vous tient à cœur. La Marche funèbre, vous le savez aussi bien que moi, est une œuvre exceptionnelle. »

Comme Thomas ne répondait pas, elle pensa un instant partir et le laisser planté là, elle se sentait abusée, trompée au plus profond de son être. Jean l'avait habituée à la certitude des choses dites, jamais il ne revenait sur ses engagements et Nouche elle-même, malgré l'apparente frivolité de son existence, vouait un culte quasi obsessionnel à la permanence des mots et des idées qu'ils recouvraient. C'était même le seul sujet qui, d'après elle, méritât que l'on se mît en colère.

« J'aime cette musique, vous comprenez ? »

Elle secoua sa partition sous le nez de Thomas.

« J'ai envie de la chanter, poursuivit-elle, envie de la faire découvrir, comment pouvez-vous m'en empêcher ? Il est trop tard pour reculer, ces notes ne vous appartiennent plus, je suis désolée ! »

Thomas ne s'attendait pas à une réaction aussi violente. Il se sentait impuissant soudain, avec ses marques de rouge à lèvres autour de la braguette et ce livre sur les nénuphars qu'il feuilletait machinalement, désarmé et penaud devant cette femme qui mieux que lui-même défendait la mémoire d'Alkan. Il comprit au ton de sa voix qu'elle ne lui pardonnerait jamais et quitterait les Célestins s'il ne lui révélait pas les motifs profonds de son découragement.

Thomas bredouilla quelques excuses, prit la main de Nouche et l'obligea à s'asseoir de nouveau sur les marches. Boudeuse, elle résistait. Un instant il repensa à son corps nu, sur la photo, dans sa poche, il eut envie de lui tordre le bras et de l'embrasser à son tour, mais le temps pressait, les choristes n'allaient pas tarder à arriver...

« J'ai quelque chose de très important à vous dire, quelque chose de secret », confessa-t-il.

Thomas détestait décevoir. Il ne pouvait supporter

l'idée que, toute son existence, Nouche garderait le souvenir de sa lâcheté.

« La Mort d'un Nénuphar, avoua-t-il enfin, est le fruit d'un long travail de reconstitution. Et quand je dis reconstitution... »

Il se détourna de Nouche, comme si ce qu'il avait à révéler ne la regardait pas vraiment.

« Il n'y avait rien dans l'œuvre chorale d'Alkan qui puisse être dirigé tel quel, rien qui soit assez cohérent pour être interprété devant un public... »

Nouche fronça les sourcils. Elle tira sa jupe qui décidément remontait très haut lorsqu'elle s'asseyait ainsi, et réussit presque à couvrir ses genoux en se penchant un peu en avant. Alors que Thomas articulait encore quelques phrases incomplètes (« Je n'ai fait que rédiger ce qu'avait imaginé Alkan, le coucher sur papier, j'écrivais sous sa dictée »), Nouche se décida.

« Pourquoi ne pas signer la partition vous-même, demanda-t-elle d'un air détaché, ce serait plus simple, non ? »

La lumière s'éteignit. Les trois minutes s'étaient écoulées. Nouche pensa à son mari, ses sabliers et ses sablières. Dans l'escalier non loin d'eux quelqu'un trébucha et fit tomber un objet métallique. Nouche revit les thermomètres couronnés de Médard, il y en avait à chaque étage, accrochés au-dessus du bouton de la minuterie. Thomas s'accroupit. Ils avaient peur soudain, peur d'avoir été vus, ou entendus. La lumière se ralluma.

« Peu importe, murmura Nouche à l'oreille de Thomas, le nom qui apparaîtra sur les affiches, je ne veux pas savoir qui a composé la Mort d'un Nénuphar, ça ne m'intéresse pas, sincèrement, ça m'est complètement égal, mais permettez-moi de vous demander une chose, une simple chose en échange de mon silence : donnez-nous encore quelques semaines de travail avant de prononcer votre décision. Poursuivez les répétitions, faites-le pour moi, pour vous, et non pour Alkan. Pour notre plaisir. »

Thomas n'essaya pas de repousser la main de Nouche. C'est elle qui avait raison. Lui-même ne s'était-il pas persuadé au fil des années qu'il n'avait fait que compléter la partition originale, et que cette mise en forme répondait très exactement à l'inspiration première de son ancêtre ?

Pourtant, Thomas le savait aussi mieux que quiconque, ce qu'il appelait « partition originale » n'existait pas. Il y avait bien un texte, un titre séduisant, encore un dossier poussiéreux rempli de phrases musicales sur des feuilles volantes, non paginées, quelques idées attachantes, certes, mais aussi beaucoup de bavardage pour peu de matière réelle : tel avait été son sentiment initial et l'objet de son amertume, lorsque, après la mort de ses parents, il eut accès à la totalité des œuvres de son aïeul. Alkan abusait des changements de clef, le tempo variait sans cesse, les accords s'empilaient, cette écriture masquait une vision à la fois négligée et tatillonne du monde qui, d'emblée, ne présentait qu'un intérêt limité.

En outre, Thomas avait découvert parmi les papiers familiaux un article de Schumann, le grand Schumann commentant dans son livre sur les musiciens les trois études pour piano d'Alkan. La méchanceté de ses critiques n'avait fait qu'ajouter à sa déception. « On reste saisi, écrivait-il, devant une pareille absence d'art et de naturel », puis, plus loin : « Dans Aime-moi, c'est une insipide mélodie française, avec un thème central qui ne rime pas du tout avec le titre. Dans Le Vent, c'est un mugissement chromatique sur une pensée tirée de la Symphonie en *la* de Beethoven. Dans Morte, c'est un désert odieux où l'on ne trouve que bois, férule et corde de pendu, et encore cela emprunté à Berlioz. Nous protégeons le talent qui fait fausse route si seulement (...) il reste un peu de musique, mais quand cela même est encore douteux et qu'on n'y peut rien apercevoir que du noir derrière du noir, nous n'avons plus qu'à nous détourner avec humeur. »

Il fallut plusieurs mois à Thomas pour digérer ces derniers mots. Avec le temps cependant, il s'était rendu compte de leur portée véritable : si Schumann avait pris la peine de démolir ce « néo-français », comme il le nommait, « qui sentait l'Eugène Sue et le George Sand », c'est qu'Alkan avait bel et bien existé, musicalement s'entend, et que ses compositions méritaient pour le moins qu'on s'y attardât.

Thomas s'était mis à analyser de façon méthodique les partitions incriminées. Alors seulement il avait compris les qualités profondes du travail de son aïeul.

Il y avait là l'intuition d'une musique différente, où la résolution et la cohérence n'étaient plus de règle, une musique truffée de surprises, telles ces répétitions obsessionnelles de notes dissonantes, ou ces citations très reconnaissables des maîtres du passé, balancées sans guillemets au moment où on s'y attendait le moins. Alkan jouait avec les sons, il fabriquait des ambiances et dépassait le stade descriptif pour atteindre celui, plus abstrait, que Thomas appelait « l'esprit de sensation ». Malheureusement, il s'était laissé enfermer dans son propre rôle, celui du compositeur maniaque et taciturne, jeune prodige prématurément vieilli, et malgré toute une vie d'étude et de labeur, il n'avait jamais réussi à transmettre son message. En fait, il ne l'avait même pas formulé, habitué qu'il était à ne pas être entendu. Il avait tout gardé pour lui, et lorsque par miracle quelque chose s'était échappé de sa plume ou de son clavier qui aurait pu révéler son génie, il s'était empressé de l'enfouir sous un déluge de notes aux harmonies douteuses. Avec Alkan, pensait-on à l'époque, il n'y avait pas de demi-mesure, diarrhée ou constipation, constipation suivie de diarrhée, par cycles sa musique se déversait sur le papier, souvent inachevée, tout à fait nauséabonde pour le public policé de ce XIXe siècle imbu de ses valeurs et soucieux de les faire respecter. Peut-être était-ce pour cela que Schumann disait de lui qu'il sentait l'Eugène Sue, à cause de cette odeur de renfermé qu'exhalaient ses travaux, l'odeur de ceux qui ne savent pas partager, ne savent plus recevoir.

Que les manières radicales d'Alkan et sa méfiance légendaire l'aient empêché d'accéder aux fonctions honorifiques dont il rêvait — et qu'il méritait sans doute — n'était pas pour surprendre Thomas, et après mûre réflexion que Schumann et quelques autres se soient élevés contre la marche suicidaire de cette musique de sauvage lui paraissait vraiment bon signe. D'autres artistes moins scrupuleux qu'Alkan, mais dont les noms ont également disparu, occupaient alors les sièges du Conservatoire de Paris. Ils ne firent rien qui puisse aider leur confrère, bien qu'ils reconnussent tous l'excellence de son jeu. Son fils même — fils illégitime, un dénommé Delaborde, nageur accompli et ami de Bizet, dont il provoqua indirectement la mort à la suite d'une trop longue expédition dans la Seine, amant (lut-on dans les gazettes) de Mme Bizet, pianiste aussi extraverti qu'Alkan était réservé, qui se déplaçait en tournée avec une cour de cent vingt et un perroquets et attendit soixante-deux ans avant de se résoudre à épouser Marie-Thérèse de Courchant des Sablons, grand-mère putative de Thomas Morhange —, Delaborde donc reconnaissait que les œuvres de son géniteur n'étaient pas conçues pour les oreilles de son temps, et que l'usage immodéré de la *troisième main* le renvoyait définitivement à des activités aussi solitaires que condamnables.

C'était à son humble avis une question de morale musicale, il y avait des choses auxquelles il ne fallait pas toucher, par exemple la sacro-sainte répartition des tâches entre la main gauche et la main droite, la première accompagnant la seconde selon des règles établies depuis assez longtemps pour croire qu'elles étaient immuables.

La *troisième main* était une invention de Thalberg qui, si elle n'étonne plus personne aujourd'hui, provoqua à l'époque une certaine agitation. Il s'agissait d'écrire les arpèges de façon à créer une mélodie supplémentaire dans le médium, jouée alternativement par les deux pouces. Alkan porta l'idée à son apogée en détruisant dans certaines de ses pièces la division formelle du clavier, libérant le piano de sa gangue harmonique habituelle et le considérant comme l'instrument privilégié d'un nouveau langage

— probablement subversif puisqu'il fut tant décrié, mais là n'était pas son propos.

La Marche funèbre pour la Mort d'un Nénuphar, si Alkan avait seulement pris la peine de la rédiger, aurait pu être considérée comme la transposition chorale de ses recherches. D'après ses indications, la répartition conventionnelle des rôles de chaque pupitre n'y aurait pas été respectée, les sopranos ne détenant, écrivait-il, pas plus la mélodie que les basses le contre-chant, et la musique se serait déroulée par glissements successifs d'une voix sur l'autre, « tels des nénuphars flottant à la surface de l'eau ».

Cette apparente légèreté, concédait-il, étonnerait, certes, mais pour qui se laisserait emporter par ces ondes sonores, elle deviendrait l'objet d'une éternelle fascination.

Et c'est au nom de cette fascination que Thomas Morhange, avec une minutie de biographe, s'était appliqué à accomplir ce qu'Alkan avait entrevu, cette idée de *troisième main*, comme si le compositeur n'avait pas eu assez d'une vie, d'un corps pour compléter son œuvre. Il s'était laissé guider par le texte et ces quelques notes abandonnées sur la première page d'un cahier vide. Par une image surtout, celle d'un homme gisant sous un monceau de livres.

La musique saurait-elle accomplir ce que les mots se refusent à faire ? D'une note, on peut affirmer qu'elle est juste, en la comparant à une autre note, mais d'une phrase, d'un discours, d'une vie de palabre ?

Le verbe est illusion, se répétait Thomas, une invention de l'homme destinée à dicter ses lois et à marquer son pouvoir. Devant lui, les choristes s'installaient. Comme chacun prenait gentiment sa place ! Noé vint l'embrasser, Jean lui adressa un salut amical, enfin Nouche s'assit sur son tabouret, au premier rang. Thomas fit semblant de ne pas la voir.

Médard observait d'un air satisfait son petit monde. Raton reboutonna son cardigan, elle avait froid. Bientôt commencerait la sixième répétition de la Marche funèbre. L'Albinos et la pianiste disparurent un instant sous le piano.

« C'est la pédale, insistait-elle de sa voix nasillarde, la pédale qui coince. »

Thomas feuilletait le livre que Nouche lui avait offert. Il apprit qu'il existait des nénuphars d'appartement, ou *Nymphœa Zanzibariensis,* qui donnaient des fleurs à peine plus grosses que des pâquerettes. Enfin la pianiste réapparut et annonça le début des exercices. Elle était toute rouge. D'un seul corps, le chœur se leva. Juste à ce moment-là, une alto entrouvrit la porte et essaya de se glisser dans la salle. Médard aboya quelques mots incompréhensibles. D'un signe très clair de la main, il lui intima l'ordre de quitter les lieux. Tout le monde se tourna vers lui, puis vers la retardataire qui sortait maintenant à reculons, comme happée par un puissant tourbillon venant du couloir.

Thomas laissa passer l'incident sans le commenter et prit la parole. « Je tiens à vous dire, s'entendit-il prononcer, que je suis très content de vous, assez fier d'Alkan aussi, et certain que notre travail portera ses fruits. »

Il surveillait Nouche des yeux. A l'égal des autres chanteurs, elle semblait réconfortée par ses propos et n'avait pas l'air choquée qu'il mentît, ni même surprise, simplement amusée peut-être, heureuse d'avoir réussi à le convaincre de ne pas abandonner son projet. Aussi continua-t-il à aligner les mots creux, restaurant trait par trait l'image du chef bienveillant et sincère dont le chœur avait besoin pour travailler. Avec éloquence, il se défendait contre lui-même, se persuadant qu'il ne maquillait ses sentiments que par souci d'authenticité.

Les choristes, il l'avait maintes fois constaté à ses dépens, agissaient par mimétisme. Il suffisait qu'il pose sur son visage le masque d'un enthousiasme rassurant pour qu'aussitôt leurs regards s'illuminent. Se fâchait-il que les cordes vocales se mettaient à vibrer de travers, elles se rétrécissaient, se tassaient au fond des gorges et rien alors, si ce n'est un éclat de rire salvateur, ne pouvait les convaincre de reprendre leur place habituelle. La colère générait le doute, et le doute en matière de musique n'avait jamais engendré que des fausses notes. « Les voix se nourrissent de certitudes, disait souvent Thomas, au contraire de la pensée. » Médard ne manquait pas d'ajouter son grain de sel, les chaises grinçaient sur le parquet, on s'impatientait. L'humour en dernier ressort permettait de réconcilier tout le monde.

Parfois, c'était un choriste qui réussissait à détendre l'atmosphère, souvent malgré lui, parce qu'il posait une question stupide ou laissait échapper un peu trop fort une réflexion sur la couleur des chaussettes de son voisin. Ces interventions saugrenues étaient notées, soigneusement mises entre guillemets, rabâchées, et fonctionnaient à la longue comme des mots de passe dont chacun se devait de rire, par convention, parce qu'ils reflétaient l'histoire du groupe et témoignaient de son existence, de sa vitalité. Ils se révélaient fort utiles en tournée, lors des voyages interminables dans ces cars rutilants où il faisait trop chaud en hiver et trop froid en été.

Le temps et les températures revenaient souvent au centre des conversations, à cause de Médard et de son Petit Rat dont il était toujours bon de se moquer. Ces blagues-là se distillaient à voix basse, en cachette, et ne se répétaient qu'en comité restreint. Les administrateurs avaient quelques défenseurs parmi les ténors, l'Albinos de toute évidence, mais aussi une poignée de nouvelles recrues dont on préférait se méfier. On les appelait le gang des Postiches, ou les Postiches, tout court, parce qu'ils portaient la moustache, et bien qu'ils fussent nettement moins rusés, selon Dialyse, que les pilleurs de banque du même nom. Elle avait toujours préféré les faux témoins aux délateurs honnêtes et gardait de son adolescence un penchant certain pour les hors-la-loi. En l'occurrence, le jugement de Dialyse rejoignait l'opinion hâtivement divulguée par les Tricoteuses : les Postiches cachaient quelque chose derrière les poils de leurs moustaches, un secret qui dépassait le cadre des Célestins et les rangeait a priori dans la catégorie des gens qui n'inspiraient pas confiance.

Thomas avait presque fini de parler. « Il nous faudra travailler beaucoup, concluait-il d'une voix où nulle hésitation, cette fois, ne pouvait être décelée. Bientôt nous rencontrerons des figures rythmiques compliquées, des harmonies inhabituelles. Vous devrez alors vous montrer d'autant plus vigilants que la musique est indécise, ou la ligne mélodique perturbée. Je préfère vous prévenir : je serai exigeant, sévère même, car je connais vos possibilités, je sais ce dont vous êtes capables... »

Les choristes suspendus à ses lèvres se laissaient bercer par la douce certitude de leur talent. Eux qui, quelques instants plus tôt, se demandaient ce qu'ils devaient penser de la Marche funèbre, s'étaient peu à peu abandonnés à l'envie irrépressible d'interpréter sous la direction de Thomas Morhange cette musique « indécise », comme il la qualifiait. En eux grandissait le désir de servir les rêves du chef, ce besoin enfantin de sentir qu'ils participaient à une œuvre qui les dépassait et qui pourtant sans eux ne pourrait s'accomplir.

Thomas s'exprimait avec ferveur, peut-être recommençait-il lui-même à s'intéresser vraiment à ce qu'il disait. Il avait l'impression de s'être libéré d'un poids énorme, comme si la présence de Nouche l'autorisait à reprendre le projet à son compte. Ce n'était plus Alkan, ou sa famille, qui le poussait en avant, mais une force intérieure puissante et contrôlée. Il aimait. Pour la première fois de sa vie il acceptait le fait qu'il jouait un rôle, lui, Thomas, avec toute la distance qu'imposait ce genre de situation, et il ne souffrait pas de cette distorsion, au contraire. Il n'était plus l'exécuteur passif et aveugle du testament inachevé de son ancêtre, mais bien un personnage investi d'un certain pouvoir et doué d'un charisme indéniable. Il était diplomate et pédagogue comme Alkan n'avait jamais su l'être, et capable de lire ou d'écrire une partition alors que ses parents n'avaient pas appris à le faire. Enfin il était homme aussi, qui pouvait à la fois feindre et dire vrai, inventer, charmer, manipuler les autres — et personne ne songeait à le lui reprocher. On le payait même pour cela et l'on admirait son habileté à réveiller chez ses choristes le désir de se plier à sa volonté. On ne lui demandait pas autre chose que d'assumer avec une certaine logique la charge de ces voix qui se confiaient à lui.

En cet instant précis, par exemple, il se devait de mentir, en toute conscience, pour le bien de la communauté, et plus il mentait, plus il se sentait proche de la vérité — la vérité étant en l'occurrence un espace mythique, un territoire où les aiguilles des Tricoteuses s'arrêteraient de cliqueter et où, sans que l'on sache comment, la musique s'élèverait, expression naïve de l'émotion à l'état pur, quand la lumière d'un couloir s'éteint, qu'une tête se pose sur la toile rêche, le visage de Nouche, Nouche enfin...

Lorsqu'il demanda aux choristes d'ouvrir leur partition et de chanter la première phrase de la Marche funèbre, Thomas fut bien obligé de revenir à la réalité et de se souvenir qu'il restait encore un long chemin à parcourir avant d'atteindre ce territoire-là. Il aurait aimé se laisser séduire à son tour par le climat passionné qu'il avait réussi à créer, mais il n'y parvenait pas encore. Il portait en lui la vision exacte de ce qu'il voulait entendre (puisque pour parler de l'ouïe, lui ferait un jour remarquer Nouche, il fallait recourir au vocabulaire de la vue) et commençait à comprendre que jamais il n'obtiendrait ce qu'il avait imaginé — il y aurait toujours une Tricoteuse pour se gratter le nez avec son aiguille, un Postiche pour se lisser la moustache, ou quelque trémolo parasite dans une phrase qui, en principe, aurait dû se chanter à plat, comme si le temps s'effaçait et qu'il n'était plus nécessaire de respirer.

« Comme si »... A mesure qu'avançait la répétition, Thomas se surprenait à inventer de nouvelles métaphores. Comme si la mélodie était apportée par le vent, comme une vague qui s'écrase sur un rocher, comme si vous appeliez le sommeil après trop de nuits blanches, comme un rayon de lumière à travers un vitrail, comme un enfant endormi, une ombre, c'est cela, comme l'ombre d'un oiseau qui vole...

Il demandait du « comme si » et obtenait du « presque ». Pas à pas ses choristes s'approchaient de l'image, ils l'écrasaient, l'étouffaient de leurs voix puissantes, et pourtant il fallait continuer, ne pas se mettre en colère, pour Nouche, faire « comme si » tout, ou presque, allait s'arranger à force de travailler. « Le nénuphar est un souffle qui s'évanouit », disait-il encore, citant le texte d'Alkan, et elle lui souriait tendrement. Que ce souffle soit partagé par tant d'êtres vivants, au même instant, voilà qui lui paraissait divin. Avec Nouche, pensait Thomas, il ne pourrait jamais faire semblant et serait donc paradoxalement dans l'obligation constante de mentir, ou de feindre. Il aurait aimé prendre sa main, mais Jean et Noé étaient là, en face de lui, qui sans cesse le rappelaient à l'ordre. Ils suivaient ses indications avec une sagesse respectueuse, gardiens par leur seule présence de l'unité familiale. Ils n'avaient rien à se reprocher, ne lui reprochaient rien encore, et c'était peut-être cela le plus difficile à soutenir : ces regards pleins d'une confiance qu'il ne méritait pas.

Noé essayait sa nouvelle tessiture, se dandinant à l'approche des notes basses, il avait l'air heureux. Pour la première fois, Thomas réalisa combien l'adolescent ressemblait à sa mère.

Noé chantait maintenant avec les ténors. Les Tricoteuses dépossédées se vengeaient en comptant ses boutons d'acné. Il y avait quelque chose de déplaisant à l'idée que sa voix se mêlerait désormais à celles de l'Albinos et des moustachus du gang des Postiches. Noé n'avait rien de commun avec ces morses en blouson de cuir qui le dévisageaient avec concupiscence. Le plus actif de la bande, un médecin d'une quarantaine d'années qui avait publié une thèse remarquée sur les modifications des organes phonatoires sous l'influence de la sexualité, avait demandé l'autorisation de s'asseoir à côté de lui pendant les répétitions. Il voulait, lui expliqua-t-il en présence de Jean, étudier son cas et le citer lors d'un de ses prochains séminaires à la faculté. Il s'était bien gardé de préciser l'objet ou les modalités de ses recherches et les Tricoteuses voyaient d'un fort mauvais œil son oreille velue se pencher vers la bouche de leur protégé, sous prétexte de mieux percevoir, probablement, les altérations de sa jeune voix. Lorsque la partition lui donnait quelque difficulté, le docteur s'arrêtait de chanter et se contentait de prendre des notes sur un cahier à spirale en battant la mesure.

« C'est vraiment embarrassant, cette façon de se mettre en retrait », commentait Yoghourt. Elle agitait de gauche à droite sa mâchoire tombante comme pour vérifier qu'elle était toujours bien accrochée.

Les Tricoteuses abondaient en son sens. Alors que tout le monde s'évertuait à satisfaire les désirs du chef, il était là qui regardait Noé en tapant du pied.

« C'est même dégoûtant », renchérissait Yoghourt, sans bien comprendre elle-même ce qui motivait une réaction aussi virulente. La vision de couples enlacés sur des scènes obscures traversa son imagination : seul dans l'espace dévolu au public, le moustachu assistait au spectacle de la décadence des Célestins. Agenouillées devant Thomas, lui tournant le dos, les altos du dernier rang présentaient au chef leurs croupes nues tandis que les sopranos déguisées en infirmières consolaient les basses en d'interminables fellations. Culottes cloutées, lèvres gourmandes, furtivement dans les coulisses petites masturbations...

Yoghourt sortit de son sac un tube bleu de granules

homéopathiques qu'elle renversa d'un geste prompt sous sa langue. Le bas de son visage s'affaissa un peu plus. La camomille fondant dans sa salive était censée l'aider à retrouver son calme. Yoghourt détestait perdre le contrôle de ses émotions.

Noé ne se laissait pas troubler. Il était si content d'avoir enfin réintégré les Célestins qu'il acceptait avec légèreté les excentricités de son voisin. Parfois, l'homme posait le plat de sa main sur ses côtes flottantes, ou suivait entre son pouce et son index le trajet de sa pomme d'Adam. Ses mouvements avaient la précision du technicien qui connaît son affaire. Noé ne bronchait pas. Il était même assez fier d'avoir été choisi comme sujet d'observation et se demandait s'il serait invité à apparaître lors de la conférence. Il s'imaginait au centre d'un grand amphithéâtre, perché sur une estrade, entouré par d'éminents professeurs, objet de tous les regards, de toutes les attentions. Des appareils compliqués analyseraient en direct les informations transmises par des pastilles fixées le long de son corps. Sur des écrans seraient projetées des images étranges représentant les contractions de ces petites lèvres que l'on appelle cordes vocales. Le docteur moustachu lui demanderait de chanter un extrait de la Marche funèbre. Les étudiants un à un abandonneraient leurs stylos. Noé fermerait les yeux. On l'applaudirait. Il raconterait tout à Thomas Morhange.

La musique peu à peu se mettait en place. Thomas reprenait courage. Les altos se distinguaient par la qualité de leur travail, il les félicita et Nouche, s'appropriant les compliments adressés à la collectivité, se retourna vers son fils pour lui faire partager son bonheur.

Noé rêvait. Plus jamais il n'attendrait la fin des répétitions en pleurant derrière une porte close, cette époque était révolue, plus jamais il ne sentirait son dos partir en lambeaux alors qu'il se laissait glisser le long du mur. La liste des choses qui lui seraient désormais épargnées — ou interdites — grandirait de jour en jour. Plus jamais on ne l'obligerait à se coucher avant tout le monde, plus jamais il n'aurait la permission de dormir dans le lit de Nouche, lorsque Jean faisait sa tournée des sablières, plus jamais il ne se laisserait peloter par les Tricoteuses, plus jamais elles n'oseraient lui offrir des chocolats en forme de cœur ou des écharpes à pompons. Il ne serait plus leur petit garçon, ni leur petit ange, moins encore leur petit homme, et le contact de leurs décolletés somptueux ne réveillerait plus jamais en lui cette impression de molle pesanteur qui l'engourdissait autrefois, pendant les vocalises, alors que les choristes se levaient et que sa nuque, par un hasard calculé, se pressait contre l'une de ces gorges débordantes de sons.

Elles étaient deux ou trois sopranos, lui semblait-il, qui se battaient hier pour occuper cette position privilégiée, juste derrière lui. En été, Noé devinait à travers les sages chemisiers les pointes de leurs seins se durcir. Toujours les respirations s'accéléraient à mesure qu'avançaient les exercices destinés à chauffer la voix. Noé oscillait d'un pied sur l'autre et sa tête suivait le même mouvement de balancier. Elles ne remarquaient rien, ne reculaient pas, continuaient à monter tranquillement la gamme, puis à la descendre. Peut-être se faisait-il des idées. Mais alors, comment fallait-il interpréter cette façon de résister lorsqu'il se penchait en arrière ? Ce qu'il sentait contre sa peau, juste à la naissance de ses cheveux, n'était peut-être que les armatures de leurs soutiens-gorge. Comment savoir ? Jamais il n'avait reçu la preuve formelle de leur complicité, car jamais il n'avait osé se retourner de peur de détruire le charme équivoque de ces furtives conversations.

A mesure qu'il avait pris des centimètres, l'espoir de connaître la vérité s'était amenuisé. Il fallait chaque mois qu'il plie davantage les genoux afin de se maintenir à la bonne hauteur, ce qui devenait épuisant. Parfois, les muscles de ses cuisses se mettaient à trembler si violemment qu'il était obligé de s'asseoir avant la fin des vocalises. Les Tricoteuses attentives lui demandaient ce qu'il avait, il prétextait un léger vertige, ou une crampe au mollet. Yoghourt, spécialiste incontestée de l'usage des vitamines, sels minéraux, oligo-éléments et autres capsules bienfaisantes, diagnostiqua une carence en magnésium. Elle en parla à Jean, qui transmit le message à Nouche. Noé fut obligé de se lever chaque matin quinze minutes plus tôt afin de laisser fondre dans sa bouche les médicaments prescrits par la soprano. Nouche avait demandé au pharmacien son avis sur l'efficacité du traitement, il avait répondu d'un air sceptique que ça ne pouvait pas faire de mal.

« Mais il ne faut pas toucher les granules avec les doigts, avait-il ajouté, comme pour tempérer son manque d'enthousiasme et conférer au remède une nouvelle part de crédibilité, et attendre un quart d'heure après la prise avant de manger ou de boire. »

De ce temps perdu Noé fit bon usage, ainsi que de ses mains, et le goût légèrement sucré des minuscules billes blanches resterait toute sa vie lié au souvenir de glorieuses poitrines, goulûment embrassées, sucées, caressées pendant ces quinze minutes volées au sommeil, ces poitrines de rêve qui malheureusement s'évanouissaient lorsque Nouche appelait Noé à la cuisine. Alors le rythme des images s'accélérait, puis seuls les mots se dessinaient dans l'espace, sans fioriture ni logique apparente, ils se dévidaient à toute vitesse, pelotes de mohair, baleines, jambes en l'air, châtaigne, nichons, fesses nues, tétons en boutons, soupirs, long soupir et la voix de Thomas... Noé se laissait partir, il avait l'impression de ne plus savoir, de mieux comprendre pourtant, derrière, gros derrière, il se levait comme une flèche pour courir jusqu'à la salle de bains, vite prenait une douche et se peignait avant de s'affaler devant son bol de chocolat refroidi dans un état d'hébétude avancé que sa mère mettait sur le compte de l'arrivée de l'âge ingrat — car son Noé n'était pas comme ça au fond de lui-même, il avait toujours été si mignon au réveil, si tendre le matin.

Le magnésium pris à dose homéopathique, associé au rituel secret qui présidait à son absorption, se révéla donc fort bénéfique quant au développement affectif de l'enfant. Il lui permit d'établir solidement ses fantasmes, sans que ni peur ni honte ne viennent entraver sa jeune imagination. Noé ne chercha plus à se rapetisser pendant les vocalises. Il lui suffisait désormais de mettre en marche sa machine intérieure et le désir montait, sans qu'aucun contact réel ne fût nécessaire, le désir étant un euphémisme pour désigner une partie bien précise de son corps dont, malgré sa grande liberté de pensée, il préférait taire le nom.

Car si Noé pouvait faire, il ne savait pas encore dire et c'est avec constance et obstination qu'il évitait au lycée les filles de son âge. Elles parlaient trop, expliquait-il à sa mère lorsqu'elle le taquinait à ce sujet. Il n'avait pas besoin d'elles et de leurs torses plats pour accéder à ce qu'il croyait être le summum du bonheur, ce tiraillement élastique des sens, cette odeur suave et l'impression soudain d'accéder à un autre monde, infiniment plus vaste, où les sons se promenaient en liberté, personnages à part entière composés de lettres et d'accents, autrement évocateurs que les bavardages incessants de ses petites camarades.

Malheureusement, cet état divin où le plaisir pouvait se conjuguer à chaque instant du jour, sans impatience ni pudeur déplacée, se trouva vite perturbé par les manifestations brutales de la puberté. Sa voix changea. Noé dut quitter les Célestins et le doute s'installa en lui. Son corps ne lui obéissait plus comme avant, parfois il bandait sans raison aucune, il lui arriva même d'éjaculer en pleine rue, sur sa bicyclette, en entendant sa mère l'appeler de la fenêtre. Son sperme s'épaissit. Le fonctionnement de son sexe répondait à de nouvelles règles qu'il avait du mal à définir. Il fallait tout recommencer de zéro, se disait-il, peut-être même arrêter les mises en scène, ou réduire la fréquence de ses manipulations. Laisser tomber les Tricoteuses. Ne plus deviner sous les mots de Thomas Morhange la promesse d'un amour partagé. Quitter

« l'état caoutchouc », comme il le nommait en pensant à la plante qui envahissait sa chambre, l'état invertébré, et passer à autre chose.

Autre chose, mais quoi ?

Les voyages d'été en Angleterre lui permirent de remettre un peu d'ordre dans ses sensations. Noé eut l'impression de revenir loin en arrière lorsqu'il embrassa pour la première fois une fille sur la bouche et qu'elle caressa longuement ses omoplates du bout des doigts. Tout cela paraissait si frais, soudain, si innocent comparé à ses rêves d'enfant.

Maintenant qu'il pouvait chanter à nouveau, Noé reprenait possession de lui-même. Peu à peu, il s'habituait à sa nouvelle tessiture et aux caprices de son pénis. Le médecin du gang des Postiches lui avait assuré qu'il passerait bientôt dans les basses, mais Noé n'était pas pressé de changer de pupitre. Non qu'il se sentît si bien que ça chez les ténors : la vérité est que pour rien au monde il n'aurait accepté de chanter à côté de son père. Il ne supportait pas l'idée que sa voix puisse se confondre avec la sienne, autrement dit il refusait de suivre son chemin et de se retrouver enlisé jusqu'au cou dans les sables mouvants d'une vie qu'il refusait depuis toujours.

Il le regardait maintenant, alors que Thomas faisait répéter les altos, et avait honte de lui. Jean tripotait machinalement le lobe de son oreille droite en remuant les lèvres, aucun son ne sortait de sa bouche et pourtant il articulait les paroles de la Marche funèbre avec application, il ne voulait pas en perdre une miette, pas un mot. Alors que ses voisins se tassaient sur leurs chaises, lui au contraire se redressait, d'autant plus vigilant qu'on ne lui demandait rien.

Jean était un choriste modèle, sa partition semblait toujours ouverte à la bonne page. Non, Noé ne chanterait pas en même temps que lui dans les basses, pas plus qu'il ne reprendrait la direction des Sablières de France.

Le seul problème était que Jean ne se rendait pas compte qu'il y en avait un. Il persistait à le traiter avec la même gentillesse, la même douceur que lorsqu'il avait dix ans et le présentait à ses collaborateurs comme son digne successeur. Noé avait fait une grossière erreur en voulant ménager ses parents. Il eût été préférable, se disait-il, de les habituer dès l'enfance à l'idée qu'il ne serait jamais conforme à leurs vœux, peu à peu cette pensée serait devenue familière, un glaçon chaque jour dans l'eau du bain jusqu'à se laver à l'eau froide, il n'en serait pas là aujourd'hui.

Comment expliquer cela à son père ? Faute d'y parvenir, Noé passait le plus clair de son temps à créer autour de lui une vapeur d'inexistence, un nuage épais qui lui donnait l'illusion d'être protégé, mieux encore que par son caoutchouc, des pressions du monde extérieur et autres ambitions parentales.

Nouche et Jean subissaient ce brouillard sans bien comprendre ce qui leur arrivait. Thomas Morhange restait le seul à obtenir de Noé une amitié transparente que rien, jusqu'à présent, n'avait pu altérer.

Il était déjà huit heures, l'heure de la pause, et le chœur s'ébrouait. L'Albinos disparut de nouveau sous le piano avec la pianiste. Dialyse s'en étonna. Le médecin moustachu profita de ces quelques minutes de répit pour soumettre à Noé son questionnaire — questionnaire de routine, précisa-t-il d'un air complice. Il nota sur son cahier sa date de naissance, sa taille, son poids (il parut surpris, Noé ne pesait pas bien lourd), puis lui demanda à quel âge il avait remarqué ses premières pollutions nocturnes. Noé fronça les sourcils, dit qu'il ne savait pas de quoi il parlait, et le docteur qui le croyait plus dégourdi pensa d'abord qu'il se moquait de lui. Yoghourt s'avançait vers eux alors que l'homme, réalisant que Noé ne plaisantait pas, essayait de lui expliquer ce qu'il entendait par là.

L'adolescent s'étonna, il n'avait jamais considéré l'émission de son sperme comme une catastrophe écologique, et eut beaucoup de mal à garder son sérieux. Yoghourt dut surprendre quelque commentaire évocateur car son menton fut agité par un étrange soubresaut avant de tomber d'un bloc contre son cou, entraînant le reste de son visage dans une expression qui en disait long sur le dégoût que lui inspiraient les choses de la chair. Décidée à interrompre cette conversation qui n'avait pas sa place dans un presbytère, elle émit un grognement vindicatif, renifla, se racla la gorge, s'avança encore, elle allait parler enfin mais le docteur ne lui laissa pas le temps d'articuler un mot : d'un geste prompt il lui saisit la main, la baisa, puis lui tourna le dos en faisant claquer ses talons. Au mépris des règles les plus élémentaires de la courtoisie, il entraîna Noé de l'autre côté de la salle — Noé qui se retourna et d'un sourire s'excusa auprès de la soprano : jamais il n'oublierait qu'il lui devait sa cure de magnésium et quelques-uns des moments les plus troublants de son existence.

Yoghourt mit une bonne minute avant de pouvoir réagir. Elle chercha quelqu'un à qui se plaindre, les Tricoteuses n'étaient pas là, elles devaient papoter aux toilettes, Jean révisait sa partition dans son coin, la pianiste était occupée, enfin elle trouva Nouche qui discutait avec Thomas, nonchalamment appuyée contre la cheminée condamnée, et se précipita vers elle pour la prévenir du danger qu'encourait son garçon. Ses yeux brillaient comme des lampions de foire. Thomas la vit arriver et s'éloigna de Nouche. Lorsque Yoghourt voulut lui faire part de son indignation, elle ne trouva rien à dire d'assez fort pour justifier son inquiétude et se contenta de désigner Noé du doigt.

Les bras sagement croisés, l'adolescent répondait aux questions du docteur.

Comme Nouche penchait la tête d'un air surpris, Yoghourt bafouilla que Noé n'était pas costaud pour son âge.

« Complexe de vitamines, prononça-t-elle, dans un état de vive agitation, vitamines B et zinc, zinc, zinc, c'est très important à cet âge-là de les surveiller. »

Raton annonçait la reprise du travail en frappant dans ses mains. La soprano enfourna une deuxième dose de Camomilla et se retira jusqu'à sa chaise en égrenant la liste des suppléments alimentaires indispensables en période de croissance. Elle récitait sa prière, se raccrochant à la seule chose qui lui paraissait fiable en ce monde dépravé où chacun se moquait de tous.

La pianiste demanda un instant avant de reprendre la répétition, toujours à cause de la pédale.

« La pédale, expliqua-t-elle cette fois aux choristes intrigués, qui s'est encore coincée. »

Médard commenta d'un ton péremptoire que cela lui paraissait normal, avec ces variations de température, on ne savait plus à quel saint se vouer, le piano jouait tout seul, le bois, les cordes, l'humidité, il fallait s'y attendre. Le Petit Rat ajouta qu'on ne savait plus comment s'habiller. Médard la fusilla du regard. Raton se replia vers l'armoire vitrée, cherchant quelque réconfort dans la contemplation du tableau de la Madone sagement accroché à côté des missels. Les altos du dernier rang piquèrent un fou rire. « Quand il pleut à la Saint-Médard, chuchota Dialyse, il y a des russes dans le blé noir », elles se tenaient le ventre, « Saint Médard, reprenaient-elles en chœur, Planteur de chou, Mangeur de lard », et elles pouffaient comme des collégiennes.

Médard écrivit quelques mots sur un bout de papier qu'il fit passer aux altos. Elles s'arrêtèrent immédiatement de glousser.

Thomas Morhange tira sur sa veste, et Nouche qui seule devinait ce que cachait ce geste ne put s'empêcher de rire à son tour.

La répétition s'acheva dans l'allégresse générale. Captivés par le charme et l'éloquence de Thomas Morhange, les choristes se pressaient autour de lui. Sous des prétextes fallacieux ils repoussaient le moment de quitter la salle, les questions se bousculaient, on ne voulait pas se retrouver seul dans la rue, on ne voulait plus se séparer. Car c'était cela aussi, les Célestins : cette envie soudaine de s'embrasser avant de partir, cette tendresse, et le sentiment profond de tenir les uns aux autres, quoi qu'il arrive, et quelles que soient les pensées secrètes que l'on nourrissait contre son voisin.

Les anciens, qui n'avaient pas besoin de la bénédiction du chef pour manifester leur enthousiasme, discutaient par petits groupes vers le fond de la pièce. On se félicitait d'appartenir au chœur depuis tant d'années, et telles des batailles chèrement gagnées on dressait la liste des concerts, on se remémorait la position des estrades, l'acoustique de l'église, l'humeur du public ou les colères de Thomas Morhange.

Dans le couloir, l'atmosphère était plus tendue. L'une des Tricoteuses se battait avec le caniche d'un ténor. Elle voulait prendre ses mesures pendant qu'elle l'avait sous la main, expliquait-elle à l'administratrice qui s'inquiétait de ce remue-ménage, afin de lui confectionner une capote de laine.

« Pas n'importe quoi, de la pure laine vierge, précisa-t-elle pour prouver sa bonne volonté, j'en ai reçu deux kilos par la poste, cadeau de ma belle-sœur, je ne vais pas la laisser pourrir, tout de même ! »

Le chien fraîchement tondu s'obstinait à faire le beau, montrant son ventre rose en battant l'air avec ses pattes de devant. Il tremblait de peur, ou de fatigue peut-être (de honte, affirmait la Tricoteuse), et s'élançait vers elle en montrant les crocs dès qu'elle sortait son centimètre de derrière son dos. Il était ridicule en effet avec ses bracelets de majorette et ce toupet au bout de la queue, vestiges de son ancienne splendeur, on ne l'avait pas habitué à ça, non, il n'avait rien fait pour mériter un tel outrage. Du moins était-ce l'avis de Raton la frileuse qui, s'identifiant à la pauvre bête, accepta finalement d'aider la soprano.

Les bruits de lutte s'arrêtèrent brusquement. Dialyse s'en étonna. A la demande de ses camarades, elle alla jeter un coup d'œil dans le couloir et revint en affirmant que Raton et les Tricoteuses avaient eu la peau du chien.

« Du sang partout, ajouta-t-elle, jusque dans les toilettes, les bébés phoques à côté c'est du jus de raisin, un vrai carnage ! »

Dialyse avait gardé de ses nombreux séjours à l'hôpital un sens de l'humour assez particulier. Bientôt, raconta-t-elle encore, une délicieuse odeur de civet s'élèverait de la cuisine du presbytère. On rit nerveusement. Plusieurs fois par semaine, en effet, l'administratrice préparait un lapin qu'elle laissait mijoter pendant la répétition. A la pause elle trottinait jusque chez elle pour vérifier que tout se passait bien, ajoutait une rasade de vin dans la cocotte, les tomates pelées d'avance — elle goûtait —, un peu de sel s'il en manquait et une poignée de champignons frais coupés en lamelles. Plus tard, elle allait mettre le foie après l'avoir fait revenir dans une noix de beurre persillé.

A mesure que le travail avançait, alors que les choristes commençaient à ressentir les premiers tiraillements de la faim, un fumet délicieux venait chatouiller leurs narines. Certains affirmaient qu'il s'agissait là de l'expression la plus subtile du sadisme des Médard.

Ce lundi cependant, rien ne se préparait dans l'appartement des administrateurs, rien qui ne se mangeât tout au moins, et personne ne songeait à dîner. Jean, debout près du piano, entretenait une conversation passionnée sur le caractère éminemment moderne de la Marche funèbre. La pianiste abondait en son sens, feuilletant la partition et jouant les passages qu'il lui indiquait pour étayer sa démonstration. Jean lui demanda de reprendre les mesures flottantes, en accentuant les glissements d'une voix sur l'autre.

« Je n'arrive toujours pas à croire, dit-il après avoir bien écouté, qu'un homme du XIXe siècle ait pu écrire cette musique-là. »

Nouche sursauta. Avait-il deviné qu'Alkan n'était pas l'auteur de la Marche funèbre ? Elle qui jusque-là n'avait pas bronché, perdue qu'elle était dans ses rêves d'escalier, surprit tout le monde en répliquant qu'il ne fallait pas exagérer et parler de modernité à la moindre dissonance.

Jean tomba des nues. Il ne s'attendait pas à être contredit sur ce terrain par sa propre femme. Au début des répétitions, alors que lui-même émettait quelques réserves. Nouche avait été la première à crier au génie.

« Tout cela est assez maladroit, ajouta-t-elle en riant à moitié, un musicien d'aujourd'hui n'aurait jamais osé composer une chose pareille. »

Ces mots auraient eu leur place dans la bouche de l'Albinos, ou d'un de ses amis moustachus, de Raton peut-être, de Médard surtout, mais dans celle de Nouche ils prenaient une couleur étrange. Jean avait l'oreille fine et lut dans la voix de son épouse l'expression d'un profond malaise. Comme la pianiste insistait, il se permit de pousser un peu plus loin l'analyse de la partition, non sans guetter les réactions de Nouche.

« Il y a là-dedans un sens du rythme, avança-t-il, un phrasé qui à eux seuls font d'Alkan un véritable précurseur.

— Un visionnaire, renchérit la pianiste.

— Vous avez parfaitement raison, grinça Médard, la Mort d'un Nénuphar porte en elle tous les caprices de notre siècle !

— Toutes les audaces, corrigea Jean en observant sa femme, et toutes les qualités. »

Elle se contenta de lever les yeux au ciel, comme si parvenu à ce degré d'ineptie, il n'était plus possible de communiquer, et d'un air excédé se détourna du piano.

Nouche regretta aussitôt son attitude. Etait-ce vraiment là le moyen de défendre le secret de Thomas ? Elle en doutait. « Quelle enfant tu fais ! » se dit-elle en enfilant son chandail. Il fallait partir, quitter ce lieu chargé de musique, essayer de se faire pardonner. Elle chercha son fils et l'aperçut enfin à côté du chef, sa main gentiment posée sur son bras, au centre du cercle des choristes. Il souriait aux anges. Elle ne lui avait pas vu un visage aussi détendu depuis longtemps. Au lieu de la réconforter, ce bonheur dont elle était exclue la rendit très triste. Elle se sentait mal, soudain, dépossédée de son fils, loin de son mari, tout cela à cause de ce compositeur fantôme, cet inconnu qui bouleversait sa vie. Oui, elle était jalouse, pourquoi se le cacher, doublement jalouse, de Thomas d'une part, mais aussi de Noé qui comme un idiot se laissait séduire. Cette complicité la dégoûtait. C'était elle, l'amoureuse, avait-elle envie de crier, elle qui connaissait l'histoire de la Marche funèbre et non ce petit morveux, fût-il sorti de son ventre, cet adolescent maigrichon dont elle avait essuyé les fesses...

Médard vint la tirer de ce gouffre — ces mots absurdes qui se déroulaient dans sa tête sans qu'elle sût comment les arrêter. L'administrateur la priait de bien vouloir le suivre dans son bureau.

« Nous devons compléter votre dossier », expliqua-t-il en baissant la voix.

La perspective de se retrouver enfermée avec Médard et ses gnomes barbus balaya un instant le reste de ses préoccupations. Elle déclina fort poliment l'invitation, prétextant qu'il fallait coucher Noé (comme s'il ne se couchait pas tout seul depuis longtemps), que Jean n'avait rien avalé depuis l'heure du déjeuner, enfin qu'ils devaient rentrer à la maison.

« Qui a parlé de votre fils, ou de votre mari ? s'étonna-t-il. J'ai besoin de vous, de vous exclusivement, à moins que vous n'insistiez... »

Médard marqua une pause, Raton s'approchait de lui, elle voulait probablement poser une question, mais il ne lui prêta pas plus d'attention qu'un crapaud à une feuille morte. Elle s'éloigna en haussant les épaules, ce qui le fit ricaner.

« Entre nous, reprit Médard, poursuivant son idée, leur présence n'est pas du tout souhaitable, mais pas du tout ! Il y a des secrets que l'on préfère garder pour soi, n'est-ce pas, sinon on ne les appellerait pas des secrets, vous me suivez ? »

Nouche n'eut pas le temps de répondre.

« Suivez-moi », dit Médard.

Il ne s'agissait plus d'une proposition : c'était un ordre. Nouche fronça les sourcils. Comme elle refusait de comprendre ce qui justifiait ce pouvoir exubérant, Médard souleva l'un, puis l'autre pan de sa veste et, découvrant la braguette de son pantalon. tendit son menton dans la direction de Thomas Morhange. Dans cette position insolite il se figea, la défiant du regard. Son immobilité était accablante.

Nouche sentit sa gorge se serrer. Elle se souvint du bruit dans l'escalier, de la lumière qui s'était rallumée, et d'un pas mal assuré alla prévenir son mari qu'elle rentrerait un peu plus tard, des papiers à remplir pour les Célestins, expliqua-t-elle, mieux valait se débarrasser de cette corvée tant qu'elle en avait le courage.

Jean ne s'étonna pas. Il connaissait assez bien les lubies administratives de Médard pour ne pas s'inquiéter outre mesure. En vérité, il était soulagé. Il tombait de sommeil et n'aurait pas voulu entamer une conversation de fond avec son épouse dans cet état de fatigue. Demain, se disait-il, demain, tout en sachant pertinemment que ce ne serait jamais le bon jour, le bon moment pour aborder ce genre de discussion. Il l'embrassa, et se sentit disposé à supporter tous les yeux au ciel du monde pourvu que Nouche éprouvât encore un peu d'affection à son égard, malgré sa balourdise et ses ratiocinations sur le prix du sable, sa lâcheté, ses maniaqueries de bon élève et par-dessus tout cette peur constante d'être trahi, rejeté, abandonné par la seule femme qu'il avait jamais aimée.

Médard mit longtemps avant de retrouver ses clefs. Il avait insisté pour que Nouche monte l'escalier devant lui et sans doute s'était-il laissé troubler par les gracieuses ondulations de ce rectangle de tissu élastique qui lui servait de jupe. Il s'en plaignit tout du moins, et Nouche bafouilla, elle s'excusait en la tirant vers le bas.

« Cessez, voyons, protesta Médard, vous êtes ridicule ! »

Nouche aspira une grande bouffée d'air. Ne pas pleurer, se dit-elle, nier, quoi qu'il advienne, ne pas tomber dans son piège. Il ne peut rien prouver et sa parole ne vaut pas la mienne. Les choristes le détestent, personne ne le croira.

Sur ce point particulier, Nouche devait reconnaître plus tard qu'elle se trompait. Malgré son air déluré, elle manquait d'expérience et comprenait probablement mieux les lois de la nature tout court que celles qui gouvernaient la nature humaine. Elle n'avait jamais été trahie, ni par son violoncelle ni par son mari. Ses géraniums lui apportaient entière satisfaction, ses plantes poussaient comme des mauvaises herbes, et si d'aventure elle se surprenait à rêver d'une autre vie, elle se consolait en plongeant ses mains dans la terre ou en descendant quelques gammes. Dans cet univers chaud et humide, entre musique et botanique, protégée par deux hommes qui l'adulaient, le grand perché sur son tas de sable, le petit caché sous son caoutchouc, Nouche n'avait jamais éprouvé le besoin de réviser cette belle confiance en l'humanité que ses parents lui avaient donnée en partage. Le fait qu'elle-même se retrouvât parfois dans des situations que la morale aurait pu réprimer n'ébranlait en rien cette perception naïve du monde. N'était-elle pas honnête vis-à-vis d'elle-même, en parfait accord avec ses désirs, ses impulsions ? Le tout est de garder ces choses-là pour soi, se disait-elle, dans un petit coin, de n'ennuyer personne, ni les amies ni la famille, de ne pas blesser Jean ou Noé, non, personne ne devait savoir et alors tout pouvait calmement rester à sa place.

Mais cette fois, quelqu'un savait.

Après avoir tourné et retourné ses poches, Médard se souvint qu'il avait laissé ses clefs sous le paillasson. Lorsqu'il se pencha pour les ramasser, Nouche fut frappée par la forte odeur de goudron qui se dégageait de son cuir chevelu. Il utilisait une lotion spéciale contre les pellicules, mais rien n'y faisait : ses épaules et le dos de sa veste étaient encore et toujours constellés de particules blanches. Souvent il les époussetait du revers de la main, elles se soulevaient mollement pour retomber un peu plus bas, s'accrochant au tissu comme des parasites, des bêtes plates sans cœur ni dents. C'était répugnant.

Répugnant à première vue, se dit Nouche, mais au fond assez rassurant. Médard, toute son existence, serait condamné à essuyer les desquamations de son crâne, manifestations tangibles de son esprit retors, de son âme hypocrite et suintante. Il y avait là quelque chose qui tenait à la fois de l'aveu et de la punition, quelque chose de juste, enfin, et cette idée redonna confiance à Nouche. Un instant, les rôles s'inversèrent, ce n'était plus elle la victime mais bien lui, et comme pour signifier à Médard qu'elle n'aurait jamais à souffrir d'une telle malédiction elle secoua sous son nez ses boucles brunes, cette épaisse chevelure dont elle était si fière, et que Jean brossait parfois, le dimanche matin, pour le plaisir de sentir sa femme s'abandonner à ses soins.

Médard introduisit Nouche dans le bureau des Célestins et la pria de se mettre à l'aise. Comme elle ne semblait pas disposée à enlever son pull-over, il tourna au maximum le thermostat du radiateur. En passant dans l'entrée, Nouche avait constaté que les gnomes étaient tous dans la cabane, probablement à cause du taux important d'humidité. Elle en avait fait la remarque à Médard. « Ils montent la garde », s'était-il contenté de répondre, et cette explication mystérieuse contenait une telle charge émotive que Nouche n'avait pas insisté.

Un seul cheveu, se souvenait-elle, régissait ce petit univers...

Les gnomes surveillaient-ils l'intérieur, ou l'extérieur de leur territoire ? Nouche imagina la femme blonde, celle à qui appartenait le cheveu, ligotée pour l'éternité près de la cheminée, les bras tendus au-dessus de la tête et ses pieds de danseuse pointés vers le sol, son corps miniature actionnant par ses convulsions l'attirail de ressorts et de poulies dissimulés sous les lames du plancher. Etait-ce pour la protéger qu'ils montaient la garde ? Pour l'empêcher de s'enfuir ? Peut-être passaient-ils en revue, cachés derrière les rideaux de cretonne, le défilé des dossiers de l'administratrice, chacun sa couleur et son étiquette, fièrement disposés sur leurs étagères de bois. Les avaient-ils vus arriver, elle marchant tout droit (ne pas rouler les hanches) et lui s'effaçant pour la laisser entrer dans la pièce, comme s'il n'avait jamais eu d'autre intention que celle de lui faire compléter sa fiche d'inscription ?

Médard avait refermé la porte du bureau derrière Nouche, dérobant leur image aux monstres scrutateurs. Il s'installa à sa table, repoussa une pile de courrier et alluma une cigarette. Au milieu des papiers trônait un téléphone en bakélite, rescapé du temps où les numéros avaient aussi des noms, Solférino, Balzac, Gaîté, et les objets un poids qui leur conférait, selon Raton, plus d'importance que ceux d'aujourd'hui — elle dormait toujours sous des couvertures bien lourdes, des dessus-de-lit matelassés, même en plein été, parfois elle s'ajoutait un oreiller sur le ventre, ça la rassurait, alors elle réussissait à trouver le sommeil.

« Je vous avais surestimée », commença Médard en tripotant le fil du combiné.

Il se tut et la dévisagea sans agressivité, presque

gentiment, comme s'il cherchait à lire sur son visage les mots pour définir les causes exactes de sa déception.

« Un teint mat, commenta-t-il, une peau saine, de belles dents. Peut-être une légère tendance à forcer votre sourire, mais qui songerait à s'en plaindre ? Vous êtes si charmante lorsque vous souriez. »

Nouche souffrait déjà de la chaleur, pourtant elle n'osa pas enlever son pull-over. Elle plaqua sa colonne vertébrale contre le dossier de la chaise et croisa les bras devant elle.

« Ne protestez pas : vous êtes la grâce personnifiée. Une seule chose me chagrine, je préfère vous le dire franchement : il me semble que vous avez passé l'âge de tomber amoureuse de Thomas. Que les gamines du dernier rang se perdent dans le regard bleu du chef, soit, mais vous, avec votre fils qui chausse du 44, non, c'est agaçant, vraiment agaçant.

— Je ne sais pas de quoi vous voulez parler, dit Nouche sur ses gardes, un peu vexée que Médard insiste tant sur sa prétendue maturité.

— Oh si ! Vous le savez parfaitement ! Et pour couronner le tout, vous mentez très mal. Si vous pouviez vous voir lorsque vous chantez, votre bouche, vos lèvres, votre langue, cette façon de baisser les paupières lorsque Thomas s'adresse aux altos, de vous tendre vers lui, les reins cambrés pour mettre en valeur votre poitrine — qui fatigue un peu, soit dit en passant... »

Nouche accusa le coup en haussant les épaules.

« Vous ne vous êtes pas fait prier pour retirer votre chandail, pendant la répétition, aviez-vous vraiment trop chaud ? Votre corps est presque aussi transparent que votre chemisier, ne vous y trompez pas : vous ne duperez personne. A mon avis, il ne se passera pas un trimestre avant que Jean soit mis au courant, si vous continuez à ce rythme-là... »

Que savait-il au juste, comment savoir ce qu'il savait ?

« J'ai de la peine pour lui, croyez-moi, je n'aimerais pas être à sa place. Apprendre que sa femme arrive en avance aux répétitions, pour se chauffer la voix, dans l'obscurité, avec Thomas Morhange... »

Son front se plissa, il jouait à merveille.

« Jean n'aura pas le courage de demander le divorce, à cause de l'enfant, c'est toujours ce qu'ils prétendent, vous ne risquez rien au fond, mais il sera bien obligé de quitter les Célestins... »

Nouche sentit les larmes lui monter aux yeux.

« Quand on imagine, poursuivit l'administrateur, ce que cela représente pour lui, ces deux séances hebdomadaires, " sa bouffée d'oxygène ", il va en baver le pauvre vieux, et ce qui me dégoûte le plus c'est que vous vous en tirerez comme une fleur. »

Médard respirait fort, de petites gouttes de sueur perlaient sur son front, il prenait un malin plaisir à l'humilier, il jouissait de la tenir en son pouvoir — il ne fallait rien dire, pensa Nouche, rien qui puisse aiguiser son appétit de puissance, alimenter sa perversion et l'inciter au chantage. Pourtant qui était-il pour lui parler ainsi ? Nouche ne supportait plus sa voix mielleuse, son air faussement meurtri et en dépit de toutes ses recommandations intérieures lui coupa la parole.

« Vous pensez peut-être qu'avec votre femme vous vous comportez de façon correcte ? » explosa-t-elle.

Médard écrasa sa cigarette d'un geste rageur. Elle avait touché juste — il se brûla et se mit à secouer frénétiquement son index devant sa bouche en soufflant dessus pour faire passer la douleur.

« Je vous prie de laisser Raton tranquille, grogna-t-il, et je voudrais bien connaître l'imbécile qui vous a raconté qu'elle était ma femme ! »

Nouche perdit contenance. Elle regarda l'annulaire de Médard. En effet, il n'avait pas d'alliance. Peut-être n'étaient-ils pas mariés, mais leur long concubinage ne valait-il pas un acte officiel ? Il n'y avait pas là de quoi s'offusquer, ils portaient le même nom de famille, vivaient sous le même toit, travaillaient pour la même association...

« Thomas est un séducteur, enchaîna-t-il, pressé de changer de sujet, il n'en a pas conscience, Dieu soit loué, mais sa vie n'est qu'une énorme entreprise de fascination publique. Il dirigerait son chœur avec une brosse à dents que personne ne songerait à protester. C'est un truqueur, un faussaire, spécialiste du maculage artificiel aux fientes de pigeons — technique bien connue des brocanteurs ! Un magicien capable de produire à l'infini des mouchoirs colorés, comme si cela pouvait lui servir de pièces à conviction. Je l'ai compris dès notre première entrevue, après la mort de l'ancien chef (un vrai idiot celui-là, vous n'avez rien manqué). Figurez-vous que Thomas travaillait à l'époque au Conservatoire de Paris. Il n'était ni professeur, ni assistant, ni même étudiant, je vous le donne en mille : il était concierge. Epatant, non ? Il sortait les ordures et triait le courrier pour un salaire de misère... »

Médard dut s'arrêter de parler tellement il riait,

cette vision de Thomas Morhange avec sa petite mine de baigneur 1900 et ses gants en caoutchouc rose, nettoyant la poubelle à grand jet ; il se mit à tousser, s'étouffa, sortit sa pochette et cracha dedans Il était parfaitement calme à présent.

« Cette histoire de nénuphar ne m'étonne qu'à moitié, au fond, c'est tout lui, il fallait s'y attendre un jour ou l'autre. Aveuglé par son propre succès, il se lance dans une imposture qui le dépasse. Et pourquoi ? Je vous le demande... »

Nouche n'essaya même pas de contredire l'administrateur. Médard ne l'écouterait plus, quoi qu'elle répondît, il était lancé sur sa propre piste et elle dévalerait la pente derrière lui, entraînée malgré elle, comme le faisait Raton.

« Pour l'amour de la musique, vous l'aurez deviné. Elle a bon dos, la musique ! Si je n'étais pas là, ce serait la cacophonie, un brouhaha organisé, oui, voilà ce qu'il récolterait, votre Thomas Morhange. »

L'administrateur soupira. Il semblait sincèrement bouleversé par la justesse de ses propos.

« Les notes n'ont jamais résolu aucun problème, elles ne servent qu'à brouiller les idées et conduisent directement à la noyade. L'illusion du bonheur, oui, un instant l'oubli, et on appelle ça le plaisir... »

Au mot plaisir, Médard revint à Nouche et la dévisagea.

« Regardez-moi cette moue, commenta-t-il, mais oui, je sais qu'Alkan n'est pas *vraiment* l'auteur de la Marche funèbre, nous sommes trois à le savoir maintenant. Et nous pourrions être beaucoup plus, il me serait si facile de rétablir la vérité. Il me suffirait d'ouvrir la bouche, comme ceci... »

Il ressemblait à un poisson rouge cherchant à la surface de son aquarium quelque nourriture à gober.

« Et de faire vibrer mes cordes vocales, ça s'appelle parler, oui, parler à notre chère pianiste par exemple, qui s'empressera d'en avertir son amant albinos. Parler, une fois, puis laisser la nouvelle se répandre toute seule, imprégner le chœur, peu à peu, jusqu'à devenir officielle — car Thomas sera bien obligé de passer aux aveux, comment pourrait-il nier ? Lui aussi devra démissionner. A moins que... »

Médard se pencha vers elle, un petit nuage de pellicules se déposa sur le téléphone noir, il essaya de lui attraper la main, pour lire son avenir, disait-il, l'avenir de cette jolie petite main.

« Comme elle est mignonne, notre nouvelle recrue. Un peu brune, mais on s'y habituera, n'est-ce pas ? Ne vous êtes-vous jamais fait décolorer les cheveux ? Non ? Les poils, peut-être, à l'eau oxygénée, pour épater les cousins ? »

Nouche rougit. Elle pensa au salon de coiffure de sa tante, dans le Midi, les sièges orange et les bigoudis auxquels elle avait échappé, grâce à Jean. Que serait-elle devenue sans lui ? Elle se leva d'un bond et courut vers la porte.

« Vous êtes délicieuse lorsque vous boudez, poursuivit Médard sans bouger de sa chaise, en êtes-vous au moins consciente ? Je me demande ce que dirait Noé s'il apprenait que sa maman... »

Nouche n'entendit pas la suite. Elle sentit la clenche céder sous la pression de ses doigts. Bientôt, elle se blottirait dans les bras de Jean, il la consolerait, l'appellerait mon bébé, mon bébé chéri, il la bercerait jusqu'à ce qu'elle oublie les grincements de Médard et des gnomes barbus, les pellicules sur le téléphone, la femme blonde près de la cheminée, les lèvres de Thomas, oui, ça aussi il faudrait oublier. Elle tira, poussa, mais la serrure résistait, Médard se levait, s'approchait d'elle en chantonnant quelques mesures de la Marche funèbre...

Le plus calmement possible, Nouche se baissa, enleva une de ses chaussures, la garda un instant dans sa main, le talon pointé vers le visage de Médard, puis la chaussure tomba à terre.

La porte était fermée à clef.

Pendant quelques semaines encore, les répétitions se déroulèrent comme si rien ne s'était passé dans le bureau des Célestins. L'hiver approchait, Raton empilait les lainages et Médard riait sous cape en pensant au talon de Nouche. Qui croyait-elle effrayer ? Il la tenait en son pouvoir à présent, et de la savoir si fragile, elle qui hier affichait avec insolence son inépuisable force de vie, le réconfortait. Il la faisait chanter, se disait-il, et cette formule l'enchantait. Elle lui permettait de s'approprier, symboliquement s'entend, le dernier territoire sur lequel Thomas Morhange régnait encore. Il serait le seul désormais à connaître la musique, le seul sans compter Nouche — car Nouche était son instrument et ne pouvait jouer qu'avec son accord.

Qu'elle aime Thomas, oui, qu'elle l'adore ! Pour rien au monde Médard ne l'en empêcherait, au contraire, il les pousserait dans les bras l'un de l'autre, deux moitiés d'orange, les presserait l'un contre l'autre, des oranges sanguines. Il n'était pas question que Nouche retourne sagement à ses plantes, pas question qu'elle se prive du chef des Célestins. Entre l'amant et le mari,

Médard se sentait parfaitement à l'aise, oreille ennemie prête à tout recevoir, tout comprendre, qui permettrait à Nouche de se confesser, d'être punie, absoute, et de vivre sa passion sans rien perdre, ni la confiance de Jean, ni sa place au sein du chœur, ni même le secret de Thomas Morhange.

De quoi se plaignait-elle ? Médard devint l'homme des confidences. C'était là le prix à payer, expliqua-t-il, le prix de sa discrétion. Son silence, contre ses mots.

Insouciant du danger qui le menaçait, Thomas continuait à diriger avec avidité et ses choristes se bousculaient pour le suivre, un peu essoufflés, certes, mais heureux. A mesure que le travail avançait, il se surprit à employer de nouvelles images afin de décrire les sons qu'il désirait entendre, moins abstraites, plus sensuelles, et le résultat fut immédiat. Les accents trouvaient naturellement leur place, comme si au-delà de ses paroles les chanteurs pouvaient accéder à un univers où la musique n'était plus un objectif à atteindre, fugitif, intouchable, mais un objet commun, s'incarnant dans une forme connue et respectée, bien qu'elle ne fût jamais nommée, ou reconnue explicitement par l'ensemble du groupe. Personne n'aurait su dire à quoi ressemblait ce monstre (était-ce seulement un être vivant ?), mais tous avaient l'intuition parfaite de son existence et s'y référaient chaque fois qu'ils ouvraient la bouche pour chanter.

Dans l'esprit de Thomas Morhange, les choses étaient plus claires : peu à peu, la Mort d'un Nénuphar s'était identifiée à la femme qu'il aimait. Chacun de ses mouvements, chacune de ses notes le ramenait à elle, ses lèvres, la peau fine de ses poignets, son cœur qu'il sentait battre lorsqu'elle s'allongeait contre lui, sa nuque sous ses boucles brunes, ses ongles soigneusement peints. Chaque nuance de la partition lui rappelait sa propre émotion également, car c'était bien cela que les choristes percevaient : l'émotion de Thomas face au corps de Nouche.

Tous les jours il la remerciait. Ce n'était ni lui, affirmait-il, ni Alkan l'auteur de la Marche funèbre, mais bien elle, elle seule qui avait été capable de lui insuffler la vie. Nouche protestait. S'il insistait, elle prenait son air triste, cet air lointain qu'il commençait à bien lui connaître. Qu'avait-il fait qui puisse la blesser ? Etait-ce un crime que d'évoquer à voix haute le secret qui les liait l'un à l'autre ? Nouche se taisait.

Une nuit elle rêva qu'elle était enceinte d'Alkan. Cette vision du petit vieillard recroquevillé dans son ventre, à la place qu'avait occupée Noé, la terrifia.

Souvent elle pleurait dans les bras de Thomas, elle le suppliait de ne pas lui poser de question, de lui pardonner. Comment aurait-il pu faire autrement ? Il la rassurait. Son amour pour elle, disait-il, se nourrissait autant de ses sourires que de ses larmes. Nouche s'essuyait les yeux avec le coin de son mouchoir, se remaquillait. C'était le signe de son départ. « Ma Nouche, murmurait-il, soudain désemparé, promets-moi de revenir demain, mon trésor, mon cher trésor... »

Nouche pensait à Médard et promettait. Elle s'échappait la mort dans l'âme, courait jusqu'à Saint-Léonard, poussait la lourde porte du presbytère. En ressortait un quart d'heure plus tard, toujours un peu décoiffée, et il fallait encore courir. L'image de l'administrateur la poursuivait jusque chez elle. Seul Jean savait la consoler, peut-être parce qu'il ne savait rien, justement.

Médard resplendissait. Bien que la musique en général le laissât indifférent, il reconnaissait que la Marche funèbre prenait de l'allure et mettait ces progrès à son actif. C'était grâce à lui, pérorait-il, grâce au redoublement de sa vigilance que les choristes avaient avancé. Sa malveillance adoptait des formes insidieuses, et le terrorisme exercé sur certains chanteurs était d'autant plus écœurant qu'il se nourrissait de détails concernant leur manière d'être, de parler, de s'habiller. Sous le couvert de l'humour, ou du conseil amical, il visait juste, toujours bas, et blessait profond. On n'osait répéter ces insultes à voix haute, ni même s'en plaindre à son voisin : comment dire qu'Un tel s'est moqué de votre bégaiement lorsque bègue vous êtes, bègue vous resterez, ou de votre avarice si en effet vous êtes radin, chiche au point d'économiser la mine de votre crayon noir ? De tels personnages existaient bel et bien, il semblait même que le chœur les attirât, ils venaient là pour oublier un instant leur tare, ou à force d'interpréter des requiem se faire pardonner quelque faute ancestrale. « Des victimes parfaites, répétait l'administrateur, parfaites ! »

L'Albinos enviait à Médard sa faculté d'épingler son petit monde. Il y avait du génie, expliquait-il à la pianiste, dans sa façon de percevoir les êtres et du courage dans sa manière de leur servir de miroir, renvoyant à chacun l'image négative qu'il refusait de reconnaître, son infirmité la plus éblouissante, celle que nul autre que lui n'aurait osé lui reprocher. Médard n'inventait rien : il savait regarder. Si tant de choristes le détestaient, c'était simplement parce qu'ils ne se supportaient pas eux-mêmes. Au fond il n'était pas méchant (l'Albinos souriait), trop lucide peut-être, mais moins méchant qu'il n'en avait l'air.

La pianiste protestait, l'administrateur allait trop loin, elle ne se privait pas de le dire. Elle se demandait pourquoi Thomas Morhange ne le remettait pas à sa place. Combien de fois l'avait-elle entendu plaisanter au sujet de la mort d'Alkan, comme s'il s'agissait d'une disparition d'opérette, ou d'un personnage de roman ? Non, elle ne comprenait pas la passivité du chef.

Le fait est que Thomas, du haut de son nuage, ne s'apercevait de rien. A mesure que l'œuvre prenait corps, le climat se détériorait pourtant de façon alarmante. Outre les absences prolongées de certains choristes, qui pouvaient à la rigueur être imputées aux turbulences hivernales (grippes, rhumes, angines et autres maladies affectant directement la voix), Thomas aurait dû être intrigué par la mine contrainte des altos du dernier rang. Leurs rires ne venaient plus interrompre ses explications, et si d'aventure elles se permettaient quelque commentaire, c'était à mots couverts, tête baissée, ce qui ne leur ressemblait pas.

Les altos se rattrapaient à la fin des répétitions. Alors, partagées entre le plaisir d'avoir chanté et la haine que leur inspiraient les Médard, elles avaient pris l'habitude de se retrouver au bistrot pour tenir les comptes de ce trop-plein d'émotions contradictoires. Elles évoquaient la possibilité de convoquer une assemblée entre choristes, dans un local neutre, loin du presbytère et de ses cheminées condamnées, afin que chacun puisse exprimer sa rancœur sans crainte des représailles.

On discutait beaucoup, les esprits s'échauffaient, pourtant de semaine en semaine l'assemblée générale était repoussée. Les avis divergeaient. Certaines voulaient y convier tout le monde, d'autres insistaient pour éloigner dans un premier temps l'Albinos et les moustachus. Alors Dialyse faisait remarquer qu'exclure l'Albinos, c'était aussi se priver de la pianiste — et cette dernière aux yeux de la majorité était le porte-parole idéal des revendications du chœur. Qu'elle aimât l'Albinos restait un mystère, il y avait là une erreur dans la distribution des rôles, enchaînaient-elles, et la conversation s'éloignait de son objet premier. Chacune y allait de sa petite histoire, on se mettait au courant des derniers potins, des toutes dernières impressions sur la vie affective des Célestins *. On pouffait à l'évocation de la pianiste laissant tomber promptement sa jupe sur le front lisse de l'Albinos. Les langues se déliaient, Nouche passait sur la sellette, on commentait l'attitude du médecin moustachu, la gentillesse de Noé, l'intégrité de Jean, l'haleine de l'ex-Petit-Chanteur à la Croix de Bois, enfin

* Ici, quelques pages sur les amours protéiformes de l'Albinos et de la pianiste. Décor : la salle de répétition. Situation : elle, perchée sur son tabouret, range des partitions dans un carton, en haut de l'armoire. Lui, ses grands bras blancs. Elle, sa jupe relevée. Lui, ses oreilles rougissantes. En toile de fond le tableau de la Madone, accroché au-dessus de la cheminée (flash-back Albinos / Baiser de la Vierge / Marie qu'on suce sans pécher). Finir sur la vision du couple silencieusement enlacé : l'arrivée d'une alto.

toutes ces choses qui leur permettaient d'oublier un instant la tyrannie de l'administration. On se séparait sans avoir rien décidé, et il fallut qu'un événement étranger vienne bouleverser cette routine pour qu'enfin elles admettent qu'elles avaient perdu beaucoup de temps et devaient passer à l'action sous peine de compromettre dangereusement l'avenir de la Marche funèbre.

C'était un de ces lundis à lapin, et peut-être ce jour-là Raton avait-elle pris de l'avance sur son programme de la journée, toujours est-il que l'odeur de la viande, puis celle des champignons rissolés, s'élevèrent plus tôt que d'habitude, remplissant la salle de leurs succulentes promesses.

En dépit de ces distractions olfactives, le chœur semblait disposé à travailler sérieusement. Les premières neiges de l'hiver gommaient le ciel parisien, la salle était bien chauffée et la lumière pâle qui baignait les visages des choristes donnait à l'ensemble une unité que Thomas souligna de ces quelques mots : « Un tableau, dit-il en souriant, vous appartenez à un même auteur, sous le pinceau du maître vos voix vont se dessiner... »

Il pensait à Nouche (à qui d'autre aurait-il pu penser ?), à cette mèche de cheveux qu'elle lui avait apportée la veille, soigneusement entourée d'un fin ruban de velours.

Pourquoi lui avait-elle offert cette boucle brune ? Ce cadeau l'intriguait mais il n'avait pas osé lui poser de question. Nouche l'intimidait encore. Maintenant, les

Célestins se ramassaient autour de leurs partitions, le passage était difficile, ils s'appliquaient. Seul Raspoutine du haut de son armoire sentait déjà que derrière la cloison se tramait quelque chose qui bientôt troublerait cette belle concentration. Il percevait au-delà des arpèges le bruit étouffé d'un combat et observait la porte comme s'il s'attendait à voir surgir quelque créature victorieuse, tenant dans sa gueule le corps pantelant de son ennemi.

Si le lapin de l'administratrice n'avait pas saturé son odorat, il aurait compris que ce guerrier intrépide n'était autre que le chien du ténor. La soprano avait enfin terminé son tricot et procédé elle-même à la remise du cadeau. La répétition était sur le point de commencer, la pauvre bête s'était retrouvée en moins de temps qu'il n'en fallait pour le dire emmaillotée dans sa capote et abandonnée sur le paillasson.

D'abord, le caniche fatigué avait accepté sans broncher cette seconde peau. Il s'était assoupi en salivant, probablement bercé par des rêves de garenne. Ce n'est qu'en se réveillant que le manteau lui était devenu insupportable : le souvenir de voyages en métropolitain effaça alors l'image des terriers — son maître l'enfermait dans un panier trop étroit, il pouvait à peine se coucher, à peine respirer. L'haleine fétide des sous-sols parisiens remplaça le fumet exquis du lapin. A force de contorsions, il réussit à faire sauter les boutons-pression, dégageant ainsi ses pattes arrière. La chose restait cependant accrochée autour de son cou et malgré ses efforts il n'arrivait pas à s'en débarrasser. Il mordilla, mâchouilla tant et si bien qu'un brin de laine resta coincé entre ses dents.

Il secouait maintenant son museau, aveuglé par ce double malfaisant qui s'était abattu sur ses yeux, écrasant ses oreilles, l'enveloppant d'une épaisse chaleur dans laquelle s'étouffaient ses plaintes.

Raspoutine montait toujours la garde. Thomas se demandait d'où venaient ces harmoniques étranges qui se mêlaient au chant des sopranos. Le caniche tourna encore, à mesure qu'il s'agitait le lainage se détricotait, s'enroulait autour de lui, il essaya de faire le beau, ce qui n'arrangea rien, tomba plusieurs fois en arrière, se releva, bientôt il fut totalement prisonnier et s'effondra, ligoté, devant la porte.

Enfin alerté par les jappements, le ténor se leva et, à la grande surprise de ses voisins qui n'avaient rien entendu, se précipita au secours du caniche. Les poils de Raspoutine se hérissèrent sur son passage. La soprano se dégagea de sa chaise à la poursuite du ténor. Un vent de panique balaya l'assemblée, on cherchait la fumée, les flammes, enfin les manifestations tangibles de cette catastrophe à laquelle on se devait d'échapper. Noé ne put s'empêcher de monter sur son tabouret pour essayer de voir ce qui se passait dans le couloir. Le médecin moustachu lui tenait les chevilles, il avait peur qu'il tombe et se casse quelque chose, comment, se demandait-il, l'adolescent pouvait-il trouver son équilibre, posé qu'il était sur des bases si fines ? Il pensa à ces coupes de cristal qu'il avait rapportées de Venise et retint sa respiration.

Imperméables aux événements du dehors, les basses continuaient à chanter. Thomas les dirigeait sans conviction. Il interrogea Médard du regard, fallait-il avancer l'heure de la pause, ou poursuivre le travail, mais l'administrateur ne prit même pas la peine de lui répondre et, la nuque raide, le nez pointé vers l'avant, s'élança vers la sortie tel un cancrelat sur une assiette sale.

Le spectacle qui l'attendait valait le déplacement. Le ténor était accroupi devant son caniche momifié, l'implorant de rester tranquille. « Doucement, Roméo, disait-il en glissant la lame de son couteau suisse sous les liens qui l'entravaient, gentil sinon pas d'os — la soprano se penchait sur son épaule —, pas no-nos, Roméo, couché aux pieds de papa, sage », répétait-il pour gagner du temps, percevant dans son dos une présence hostile, mais la soprano n'attendit pas qu'il eût fini de libérer le chien pour laisser éclater sa colère.

« Une serpillière, s'indignait-elle, ma capote au point mousse, imaginez-vous ça, une wassingue ! »

Elle suffoquait. Dans un effort désespéré pour arranger les choses, le ténor rassembla les morceaux de ce qui prenait soudain une valeur capitale, comme si cet entrelacs de laine pouvait représenter l'œuvre d'une vie et contenir à lui seul tous les espoirs d'un être. Il y eut bientôt à ses pieds une masse informe imbibée de salive qui ne ressemblait guère à l'image que l'on pouvait se faire de la représentation matérielle du destin, un petit tas que le caniche renifla en remuant la queue.

Débarrassé de cet encombrant fardeau, Roméo était prêt à partir. Il n'avait pas l'intention de rester une minute de plus dans cette geôle infâme et tirait son maître par le bas de son pantalon afin de l'entraîner vers l'escalier. Le ténor secouait mollement la jambe en essuyant les remontrances de Médard. La soprano retourna son courroux contre elle-même, puisque personne ne voulait y prêter attention, se jurant de ne plus jamais tricoter pour autrui. Ni même de tricoter tout court, d'ailleurs, la laine de sa belle-sœur n'avait qu'à pourrir dans son coin, ce serait tant pis pour elle. La belle-sœur, la laine et tout le tintouin.

« Ma pauvre fille, se disait-elle, es-tu cruche, ça t'apprendra à rendre service aux gens. »

Médard se retourna brusquement vers la Tricoteuse et lui ordonna d'arrêter ses radotages. Il ne supportait pas cette façon de picorer les mots, sans hâte, mais avec une détermination mécanique, il croyait entendre sa mère, toujours à marmotter ses patenôtres lorsqu'il se battait avec sa sœur.

« Vous êtes complètement hystérique », lui assena-t-il alors qu'elle continuait à parler dans sa barbe, il lui aurait bien tordu le cou à cette pintade, mais il fallait se retenir, il y avait d'autres moyens, pensait-il, de se débarrasser d'elle, aussi la laissa-t-il tomber provisoirement pour s'acharner tout son soûl contre le ténor.

La pianiste plaqua les dernières notes de la partition des basses. Thomas Morhange, soulagé, profita de la turbulence générale pour aller faire quelques pas autour de l'église. Il n'avait pas l'intention de prendre parti. Le ténor enfila lentement sa veste, et saisissant Roméo sous son bras comme une vieille sacoche, disparut dans l'escalier. Médard le poursuivit jusqu'à l'entrée du presbytère. Des éclats de voix, une porte qui se referme...

De la rue, on entendit monter encore les aboiements du caniche. Ni l'homme ni le chien ne remettraient jamais les pieds aux Célestins.

Lorsqu'il revint dans la salle de répétition, Médard tenait à la main, bien en évidence, les fiches d'inscription des fauteurs de troubles. La soprano dégoûtée s'était rassise à sa place, ses aiguilles de bois cassées en deux, posées sur ses genoux en signe de protestation. Elle feuilletait un magazine sous les regards compatissants des autres Tricoteuses. La dépouille du manteau s'était volatilisée. L'administratrice l'avait ramassée, l'administratrice qui maintenant se dirigeait d'un pas ferme vers Médard, furieuse qu'il se soit permis de fouiller dans ses dossiers. S'il y avait une chose au monde lui appartenant, c'était bien cela, ces rangées de chemises cartonnées dans lesquelles s'organisait la mémoire du chœur, mémoire qui depuis quelques années semblait épouser les circonvolutions de son propre cerveau, lui apportant aux moments les plus froids la certitude d'un travail dont elle pouvait être fière, ce classement qu'elle avait mis des mois à effectuer et poursuivait jalousement semaine après semaine au nez et à la barbe des gnomes de l'hygromètre.

Oui, ces fiches d'inscription étaient siennes.

Jamais Médard n'avait enfreint les règles tacites qu'il avait lui-même instaurées en confiant à Raton, après la mort de l'ancien chef, la responsabilité des archives des Célestins. S'il avait besoin d'un document, il passait toujours par elle, pas une fois il n'avait eu à se plaindre de ses services et voilà qu'en sortant de la cuisine elle avait constaté le carnage : le sol de l'antichambre jonché de papiers, l'étagère du fond, dévastée, et juste comme elle arrivait dans le couloir, Médard qui s'enfuyait sans même lui expliquer les raisons de cette sauvage perquisition.

Lorsque l'administrateur vit le visage empourpré de Raton s'arrêter devant lui, il ne put s'empêcher de ricaner. Elle lui demanda ce qu'il comptait faire de ces deux fiches. Sa voix tremblait. Médard pour la narguer les agita dans l'air, au-dessus de sa tête. Les choristes peu à peu se turent. Elle lui dit que c'était grave, très grave, qu'il s'en mordrait les doigts, qu'il y avait des limites à ne pas dépasser. L'Albinos quitta le gang des Postiches et vint glisser quelques mots à l'oreille de Médard. Alors, comme si cela ne présentait plus pour lui qu'une importance modérée, l'administrateur abandonna les feuilles cartonnées sur le coin de la cheminée et ordonna clairement à Raton de les déchirer elle-même en public.

« Après ce qui vient de se passer, ajouta-t-il en regardant la Tricoteuse, vous conviendrez qu'il nous est difficile de vous garder parmi nous. »

En d'autres occasions, l'affaire aurait pu s'arrêter là, mais l'emploi de la première personne du pluriel, ce « nous » qui englobait la communauté tout entière, fit bondir l'accusée.

« NOUS qui ? hurla-t-elle, à bout de nerfs, NOUS le Roi, peut-être, elle est raide celle-là ! »

Dialyse fronça le nez. Les altos du dernier rang se poussèrent du coude, ravies qu'on ose s'opposer à celui qu'elles exécraient, un peu jalouses cependant de ne pas être à la place de la soprano, insolente et superbe malgré sa bêtise notoire, tellement sûre de son bon droit qu'elle ne remarquait même pas les gesticulations de Yoghourt qui, pilules en main, essayait de la faire taire.

« Je partirai quand j'aurai envie de partir, non mais seulement ! C'est pas ma faute si cet idiot de caniche ne supporte pas la laine vierge, faudrait pas tout mélanger, et puis quoi encore, c'est pas moi qui aboyais, tout de même ! »

Médard l'écouta d'un air stupéfait. Un territoire nouveau s'ouvrait à ses yeux, et peut-être n'était-il pas mécontent de sentir quelqu'un lui résister, tant il est vrai qu'un pouvoir incontesté cesse d'apporter à ses détenteurs la jouissance qu'ils en attendent.

« Si NOUS voulons me renvoyer, nous devrons le décider démocratiquement, poursuivait-elle en frappant son journal sur le dos de la chaise voisine, oui, NOUS respecterons la volonté du groupe. »

Sur ces mots, elle se retourna vers les autres, poitrine en avant, prête à affronter la vindicte populaire. Les choristes gênés se regardaient entre eux. L'Albinos pointa son pouce vers le bas. Thomas n'allait pas tarder à revenir. Les altos s'impatientaient. Tous attendaient la conclusion des administrateurs.

Médard quitta la cheminée à laquelle il était adossé, rajusta sa pochette gris perle et s'avança lentement vers la soprano, tournant ainsi le dos à Raton. Elle en profita pour cacher dans le livret de la Marche funèbre les deux fiches d'inscription. Que les perturbateurs soient renvoyés, cela lui semblait justifiable, mais que Médard veuille l'empêcher de conserver la trace de leur adhésion aux Célestins, c'était là une atteinte supplémentaire à la reconnaissance de sa fonction. Faire mentir le passé, ne serait-ce que par omission, était un délit dont elle ne voulait en aucun cas se montrer complice.

Enfin, Thomas Morhange apparut sur le seuil de la porte. « C'est peut-être ma faute s'il ne supporte pas les capotes », entendit-on encore, et l'orage s'éloigna. Le travail reprit. Au grand étonnement des choristes, Médard ne fit aucun commentaire. Il se contenta de rester debout, aussi près de la soprano que possible, sans bouger. Raton victorieuse se planta à côté de la pianiste et pendant le reste de la séance s'appliqua à tourner les pages de sa partition. Les ténors, et en particulier l'Albinos, n'eurent pas le loisir de commenter la scène car Thomas les fit chanter sans relâche jusqu'à la fin de la répétition. Pendant ce temps, la Tricoteuse aux mains libres s'était trouvé une nouvelle occupation : elle remplissait les grilles des mots croisés de son magazine, sous les regards admiratifs des altos du dernier rang.

Elle qui de sa vie n'avait eu d'insolent que l'extraordinaire embonpoint de ses fesses, rebondies au-delà de toute convention, devint ainsi, l'espace d'une soirée, la figure de proue d'une lutte larvée, cristallisant autour de sa personne toutes les rages et toutes les passions. A l'intérieur même des sopranos, on sentait les germes d'un grand bouleversement. Fallait-il abandonner le tricot en signe de solidarité et se laisser gagner par la vague cruciverbiste ?

On imagina le cliquetis des aiguilles remplacé par le bruit du crayon noir sur le papier, les pages tournées et les définitions qui s'entrecroisent, plus d'envers ni d'endroit, mais de l'horizontale et de la verticale, plus de mailles, mais des mots. Les Tricoteuses s'enflammaient, leurs doigts gigotaient frénétiquement, ça les aidait à réfléchir, tout cela devenait si compliqué. Puis les esprits s'apaisèrent, Noël approchait, il fallait terminer la brassière boutonnée sur le côté avec son col Mao, pour la énième fois, l'écharpe à franges ou l'incontournable couvre-lit en damier, fait avec les queues de pelotes, le rata de la vaillante Tricoteuse, et avant la fin de l'heure, elles avaient renoncé à défendre la cause de leur compagne.

A vrai dire, elles lui en voulaient d'avoir semé dans leur tête la pensée d'une éventuelle rébellion. Médard, si désagréable fût-il, représentait encore pour beaucoup le symbole vivant de la réussite des Célestins, et la certitude d'un pouvoir fort, tellement plus rassurant que l'administration bonasse de l'ancienne direction.

La Tricoteuse aux aiguilles cassées ne fut pas convoquée après la répétition. Comme elle attendait dans l'entrée du presbytère que quelque chose se passât — mais rien ne se passait —, Dialyse lui proposa de venir boire un verre avec ses amies du dernier rang. Jean, fort remué par l'ensemble des événements, se joignit à elles ainsi qu'un de ses voisins baryton, laissant à sa femme le soin de raccompagner Noé à la maison. Nouche avait l'air fatiguée, elle avait besoin de repos, et c'est avec une tendresse infinie qu'ils se séparèrent ce soir-là.

Au café, l'épisode de la capote fut commenté sous toutes les coutures. On répéta maintes fois la même chose en termes différents. Le baryton s'étonna de l'attitude de Médard. On regrettait sincèrement que l'administrateur ne se soit pas acharné contre la soprano. Il y avait là un manque de suivi qui ne leur facilitait pas la tâche. Comment riposter après cela ? On se garda bien d'évoquer le cas du ténor. Les altos acceptaient volontiers de le sacrifier, lui et son caniche lainophage qui pendant les tournées leur cassait les pieds avec ses besoins naturels, et aucune d'elles ne se serait battue pour sa réintégration. Non, la seule chose qui aurait pu entraîner quelque remous dans ce chœur peu enclin aux perturbations eût été l'éviction publique de la soprano.

Emerveillée par les réactions qu'elle provoquait, l'ex-Tricoteuse se plaignait de ne pas avoir été renvoyée jusqu'au bout.

« Ce n'est pas faute d'avoir essayé, se lamentait-elle, vous êtes témoins, et encore vous ne m'avez pas entendue dans le couloir, j'ai tout fait pour lui déplaire et paf : l'indifférence, rien. Monsieur dégaine sa première personne du pluriel et s'enfuit, comme s'il en avait honte. Et moi, alors, qu'est-ce que je deviens ? »

Son amant l'eût-il abandonnée au beau milieu de la nuit qu'elle n'aurait pas réagi autrement. Dialyse la consola. Son imitation de Médard agitant sous le nez de Raton les deux fiches d'inscription déclencha un fou rire général. Jean regretta que sa femme fût allée se coucher.

Le baryton, un jeune homme de mince condition, comme disait l'Albinos, qui étudiait les mathématiques et la géologie sans bien savoir où tout cela le mènerait, se lançait maintenant dans une étude topographique du cas Médard. L'administrateur violait l'espace intime des choristes, expliqua-t-il, et plus que ses paroles, sa façon de les prononcer en se collant à son interlocuteur était insupportable. Sa présence même était une insulte, sa bouche de limace, ses lèvres humides, son regard coulant le long de votre corps, prenant possession de lui, plus moyen d'échapper, figé vous restiez de peur qu'un seul de vos gestes ne le rapproche encore, la couleur de sa peau et ses pellicules, surtout, une véritable invasion, ces particules qui vous tombaient dessus dès qu'il baissait la tête...

« C'est épidermique », conclut-il, à quoi Jean répliqua qu'il n'était pas envisageable d'attaquer qui que ce fût sur des considérations d'ordre esthétique.

Son intervention jeta un froid. Le baryton ému balbutia qu'il ne s'agissait pas de critiquer les apparences, mais le comportement profond de Médard. L'ex-Tricoteuse qui n'en ratait pas une abonda en son sens.

« Il suffit qu'il se dirige vers moi pour que mes poils se hérissent », renchérit-elle, à la grande surprise du garçon qui venait prendre les commandes. Elle allait poursuivre, mais Dialyse lui coupa la parole avant qu'elle ne révélât ses sensations secondaires, sueurs froides, tremblements, palpitations, ou tout autre détail de son intimité qui rappelait à l'alto combien les manifestations du désir ressemblaient à celles de l'angoisse et de la répulsion.

Perdue sans ses aiguilles, coupée dans son élan, la soprano froissait entre ses doigts le bas de son chemisier qu'elle avait sorti de sa jupe écossaise. Jean avançait des arguments plus solides contre l'administrateur. Il raconta comment Médard le poursuivait depuis plusieurs semaines de commentaires odieux sur la vie privée de Thomas Morhange. Les altos le pressèrent de questions, mais Jean refusa de leur répondre (un modèle de discrétion, cet homme-là, une tombe, rien à en tirer, quelle déception, comment Nouche pouvait-elle le supporter, quel ennui !). Il se contenta de dire que là n'était pas le pire. Médard s'était permis de tenir des propos qui l'avaient heurté au plus haut point.

Où voulait-il en venir ? Le baryton vida son verre d'un trait, ce « plus haut point », présenté avec componction, lui évoquait une région du corps qu'il n'avait explorée qu'en fermant les yeux, à tâtons, victime qu'il était d'une éducation s'arrêtant strictement au-dessus de la ceinture.

« Des propos antisémites », lâcha enfin Jean en baissant la voix, comme si seul le fait de divulguer cette information pouvait entacher sa conscience.

En chœur on s'indigna. Le baryton rougit jusqu'aux oreilles. Son histoire d'espace violé et de lèvres humides lui paraissait minable en comparaison des accusations de Jean. Il avait honte et pour se rattraper échafauda un plan d'attaque que les altos adoptèrent à l'unanimité. En premier lieu, il semblait important de clarifier dès la prochaine répétition le statut de l'ex-Tricoteuse. Etait-elle ou non exclue des Célestins ? Il fut admis que seul Thomas Morhange avait le droit de présider à son éviction. Quoi qu'il arrive, il serait urgent de définir en toute clarté le rôle des Médard — Elle, et Lui, précisa Jean —, tant les jérémiades de Raton participaient à ce sentiment d'usure qui depuis la rentrée entamait le moral des choristes. Le troisième, et dernier point, portait en lui la promesse d'une prompte guérison : il fallait obtenir de Thomas Morhange que le couple n'assiste plus aux répétitions.

« Qu'ils fassent leur cuisine, lapin compris, dans les locaux dévolus à l'administration, résuma Dialyse, et ne viennent pas déverser leurs querelles intestines sous le nez des chanteurs. »

Sur ces mots, on s'embrassa, un peu écœurés par l'image, certes, mais heureux. On se félicitait d'avoir enfin réussi à dépasser le stade des récriminations pour s'engager dans la résistance. Personne ne douta un instant que les autres choristes allaient se rallier à ces revendications, modérées somme toute en regard des charges retenues contre les Médard. Les aspirations des altos étaient en fait plus radicales : elles auraient voulu les voir disparaître de la scène, purement et simplement. Au fond d'elles-mêmes, elles espéraient que leur action les obligerait à démissionner. Une fraction de seconde, le baryton s'imagina à leur place. Le bureau, dans le presbytère, l'appartement de fonction, les fichiers, le téléphone de bakélite : il s'y voyait bien plus clairement que sur la plaque de forage d'un pétrolier, en pleine mer, ou dans les sablières de Jean.

On trinqua une dernière fois au succès de la Marche funèbre, puisqu'il ne fallait jamais oublier que tel était l'objectif prioritaire de leur rassemblement, puis on se sépara.

Les altos parlèrent encore quelques minutes dans la rue après le départ de l'ex-Tricoteuse, un peu pompette, et des basses. On regretta que Jean se soit acharné à garder les ragots concernant la vie privée du chef pour lui tout seul.

De quelles immondes manies Médard pouvait-il bien accuser Thomas Morhange ? Lui si calme, si romantique, tout absorbé qu'il était par la réparation de l'injustice familiale, vivait donc des choses que Jean n'osait pas répéter en public ?

Et les choristes de rêver, chacune à la mesure de ses fantasmes. Dialyse fut la seule qui songea à Noé, à sa façon de se coller contre le chef pendant les pauses, de lui prendre la main, de l'embrasser au début des répétitions.

A mesure qu'elle s'éloignait du presbytère, son idée se précisait. Une fois au lit, Dialyse en aurait mis sa tête à couper : il se passait quelque chose de louche entre Thomas et le fils de Jean.

Tout s'expliquait soudain : le comportement étrange de Nouche vis-à-vis du chef, à la fois très proche (elle s'asseyait toujours au premier rang) et trop lointaine (à peine le saluait-elle en quittant la salle), la révolte de Jean, l'attitude du docteur moustachu, ami de l'Albinos, concurrent de Thomas, oui, pensa-t-elle, la vie du chœur s'organisait à son insu autour de cette attirance contre nature.

Dialyse n'arrivait pas à s'endormir. Elle imaginait le scandale que provoqueraient de telles révélations. Les Médard, s'ils avaient des preuves, tenaient là une arme absolue contre Thomas Morhange. Elle eut peur soudain, peur que leur remue-ménage n'entraîne de grandes catastrophes, et se sentit prête à accepter l'éviction de dix Tricoteuses pourvu que tout restât comme avant.

Et tout resta comme avant.

Tout, sauf le siège déserté par l'ex-Tricoteuse, qu'aucune choriste ne voulut jamais occuper, sans que l'on pût déterminer s'il s'agissait là d'une condamnation ou d'un acte de solidarité. Il y aurait désormais un trou au beau milieu du pupitre des sopranos. Dans ce vide s'engouffra la colère des altos du dernier rang. Le plan d'attaque du baryton, cette révolte si bien ficelée, fut abandonné à la porte de la salle, tel le caniche du ténor sur son paillasson, et si parfois Jean émettait encore quelques grognements, ses protestations se perdaient bien vite, étouffées par ce trop-plein de silence, cette inexplicable conspiration entre Thomas et Médard qui avait abouti au renvoi de la Tricoteuse.

Seule Dialyse croyait en connaître les raisons. De son mieux elle essaya de calmer ses camarades. On regarda d'un air soupçonneux ce changement d'attitude. Avec constance et discrétion, elle se mit à espionner Noé — et par là même se rapprocha de Jean, ce qui n'était pas pour lui déplaire.

L'adolescent en toute naïveté continuait à entourer Thomas de ses tendresses enfantines. En outre, il acceptait volontiers de servir de cobaye à son voisin moustachu. Celui-ci avait une jolie voix et l'aidait de son mieux à surmonter les soubresauts de la sienne. Grâce à ses conseils, les dernières manifestations de la mue furent traitées avec autant d'égards qu'elles le méritaient. Le médecin en parlait comme des vestiges de son corps céleste. « Profite de ces failles, mon garçon, disait-il, elles sont autant d'excuses qui plus tard s'envoleront. Et alors tu seras seul, personne n'osera plus te tutoyer sans te connaître, personne ne te prendra sous son aile, il faudra lutter, enfouir, oublier : il faudra être grand. »

Noé ne voyait pas vraiment de quoi le moustachu voulait parler. Bien que le caoutchouc ne lui apportât plus désormais qu'un plaisir fort relatif — la plante s'en ressentait, en bas quelques feuilles jaunirent, puis tombèrent, enfin il ne resta qu'une immense tige nue et voûtée, surplombée d'un bouquet de verdure poussiéreuse —, Noé se sentait bien, déjà très grand (il dépassait sa mère d'une demi-tête), et le départ d'une Tricoteuse n'allait certainement pas gâcher ce tout nouveau bonheur.

Car l'ex-Tricoteuse était partie. Selon la version officielle des événements, elle avait décidé de son plein gré de quitter les Célestins. Elle présenta ses excuses à l'assemblée, confessant des fautes qu'elle n'avait certes pas commises, mais qui lui permirent de se retirer sans perdre la face.

« J'avoue n'avoir jamais bien compris la musique d'Alkan », conclut-elle, et là sûrement elle ne mentait pas.

Médard applaudit, pour un peu il l'aurait embrassée sur les deux joues.

« Je regrette, balbutia-t-il, de vous voir partir. »

Personne ne le crut, pourtant son émotion était sincère. Pour une fois, lui aussi disait la vérité. S'il avait eu le courage de se contredire, Médard lui aurait bien proposé de rester parmi eux. Rares étaient les choristes qui se pliaient avec une telle docilité aux caprices de sa volonté. Une perle, pensait-il, un joyau. Un havre de paix, comparée à ce glacier de Raton.

Mais Médard ressemblant à ses gnomes, l'âme grimaçante et le corps noué, ne trouva rien de mieux à faire en signe d'amitié que d'aider la soprano à enfiler son manteau. Il se pressa contre elle et sentit cette ligne de démarcation, juste en dessous de la ceinture de la jupe, l'élastique de son collant qui creusait un sillon profond dans la chair opulente. L'ex-Tricoteuse se rappela les paroles du baryton-géologue, les lèvres humides, le viol, le nuage de pellicules et s'écarta promptement. Médard bandait.

Pendant ce temps-là, Thomas feuilletait son livret de la Marche funèbre. Les deux fiches d'inscription tombèrent à ses pieds. Le Petit Rat qui le surveillait se précipita vers lui pour récupérer son bien. Alors, très vite, avant qu'elle pût les ramasser, très vite et les paupières baissées, le chef les déchira en quatre, puis alla poser les morceaux sur le rebord de la cheminée, en évidence, les mettant ainsi de façon claire à la disposition de l'administrateur.

Nouche soupira. Jean serra les dents. Le visage de Raton s'empourpra. Jamais elle n'aurait pensé ça de Thomas Morhange et sa surprise fut partagée par l'ensemble des chanteurs. Déchirer ces fiches, c'était se ranger ostensiblement du côté de Médard. Même l'Albinos s'inquiéta : Thomas ne dépassait-il pas ses prérogatives en entérinant le départ de la Tricoteuse ? Pour peu, il aurait pris la défense de la choriste. Pourquoi s'en allait-elle ? Qui l'avait poussée à faire ces aveux absurdes ? Cette comédie n'avait aucun sens...

Mais déjà, la soprano refermait la porte et la pianiste jouait les quelques notes qui précédaient rituellement la mise en voix. Les choristes se levèrent.

« Bouche mi-close d'abord, annonça Thomas, inspirez, puis laissez filer les voyelles. »

Sa voix tremblait, il se trompa dans la démonstration de l'exercice, se racla la gorge, s'excusa, sauta directement aux vocalises en prétextant qu'ils avaient déjà perdu beaucoup de temps. Nouche rejeta ses cheveux en arrière d'un large mouvement de tête afin d'attirer son attention. Médard alerté se dirigea vers elle. Ses yeux brillaient d'une flamme nouvelle. Au fond de la salle, le Petit Rat essayait de cacher ses larmes. Elle avait passé des journées entières à reclasser ses archives et des nuits blanches à veiller, de peur que Médard ne recommence à fouiller dans ses affaires. De lui, on pouvait s'attendre à tout. Et accepter le pire, finalement, puisque telle avait été la règle du jeu depuis tant d'années. Mais de Thomas Morhange... Non, il y avait là un geste qui la décevait au plus haut point.

Nouche partageait la confusion de Thomas. Elle non plus n'avait pas beaucoup dormi ces derniers temps. Alors que de sa bouche s'échappaient des notes, presque mécaniquement, elle revoyait l'enfer des jours qui venaient de s'écouler. Elle seule aurait pu expliquer comment s'était déroulée l'éviction de la Tricoteuse. Elle en était responsable, en partie. Ou plutôt, elle en avait été l'instrument. Tout avait commencé par un coup de téléphone de Médard. En quelques phrases, il s'en remettait à son talent pour convaincre Thomas Morhange de renvoyer la soprano.

« La démissionner », dit-il très exactement.

Nouche s'indigna, mais l'administrateur ne mit pas longtemps à la persuader qu'elle ne pouvait pas se permettre de lui parler sur ce ton. Il avait évalué les risques de l'entreprise et c'est en toute conscience qu'il lui demandait ce petit effort. Sans se départir de son affabilité, il lui exposa une fois de plus les conséquences d'un éventuel refus : le départ de Jean, la honte de Noé, la confession de Thomas Morhange et pour finir l'enterrement définitif d'Alkan et de son nénuphar mort-né.

Si Nouche acceptait, au contraire, le calme reviendrait.

Le cas de l'ex-Tricoteuse l'émouvait-il au point de mettre en danger sa vie familiale, celle de Thomas et l'avenir des Célestins ?

Les liens du chantage se resserraient. « Il n'aurait pas fallu commencer », dit Médard à Nouche qui, aussitôt replacée dans l'engrenage, cherchait déjà les mots pour persuader Thomas.

« Je verrai, répondit-elle, je verrai. » Sur ce, elle interrompit la communication.

Voir quoi ? Maigre satisfaction que de raccrocher au nez de celui qui vous tient autrement enchaînée que par le fil d'un téléphone. L'administrateur devait ricaner à l'autre bout, grincer en époussetant les revers de son veston. Quelques heures plus tard, Nouche frappait à la porte de Thomas. Trois petits coups, comme s'ils avaient encore besoin d'un code. A bout d'arguments avant même d'avoir ouvert la bouche, Nouche tomba dans ses bras en le suppliant de faire ce qu'elle allait lui demander. Sans lui poser de question, une fois de plus, tu me promets, pas une question, pour le bien de la collectivité. Thomas donna sa parole, il ne savait rien lui refuser, mais se rétracta dès qu'il apprit la nature du gage qui lui était imposé.

« Renvoyer la Tricoteuse, mais pour quelle raison ? C'est impossible, dit-il en lui caressant les cheveux, mets-toi à ma place, impossible !

— Tu as promis, rétorqua-t-elle, tu ne m'aimes pas, tu ne me fais pas confiance... »

Thomas ne sut quoi lui répondre. Nouche le laissa tout penaud, assis sur le rebord de son lit, elle descendit l'escalier en courant comme si ailleurs elle pourrait trouver de l'aide, ailleurs et surtout loin de lui, dans un lieu où on la prendrait au sérieux.

Le lendemain, Thomas cédait à son tour. Il convoquait l'ex-Tricoteuse et lui expliquait en se tordant les doigts que les Célestins avaient été mis en danger par son attitude et qu'il serait préférable qu'elle s'effaçât quelques mois, jusqu'à la saison suivante peut-être. Ce n'était pas elle personnellement, insistait-il, mais les remous qu'elle avait provoqués dont il fallait se débarrasser.

L'ex-Tricoteuse, toute pleine de son importance, admit bien volontiers les conséquences néfastes de sa rébellion. Elle en rajouta même, peignant un tableau si noir de son influence sur Jean et les altos du dernier rang que Thomas se félicita d'avoir finalement écouté Nouche. Au fond, il n'avait jamais aimé les Tricoteuses, cette façon de se croire chez elles, leur attitude par rapport au petit Noé, lorsqu'il chantait encore avec les sopranos. Ils se serrèrent la main. Thomas pour se donner bonne conscience lui offrit une partition originale d'Alkan, une de ces nombreuses études du répertoire familial.

« Je vais l'encadrer et la mettre au salon », lui dit-elle au comble de l'excitation, comme si ce n'était pas là le pire des affronts que l'on puisse faire à un morceau de musique : l'accrocher au-dessus du convertible et le regarder.

Enfin la soprano sortit de son sac à main une paire d'aiguilles et la tendit à Thomas Morhange.

« C'étaient celles de ma mère, elles sont en os, conclut-elle, je vous les donne en gage d'amitié. »

Elle essaya de l'embrasser. Thomas se dégagea d'un mouvement sec.

Les partisans de l'ex-Tricoteuse garderaient un souvenir amer de ce départ mystérieux. On en parla beaucoup, le feuilleton s'étira jusqu'à la fin du mois, puis à bout de souffle on se tut. Les répétitions se poursuivirent dans un silence pâteux, peu favorable à l'éclosion de la musique. Thomas se lamentait. Il avait l'impression de diriger une assemblée de marmottes. A force de paroles, il réussissait bien à dissiper l'engourdissement hivernal, mais dès qu'il cessait de les inonder d'images, reprenant un langage plus technique, somme toute assez pratique à ce stade-là du travail, les choristes baissaient les yeux, comme s'ils avaient perdu quelque chose par terre.

Et en effet, ils avaient perdu quelque chose, mais pas par terre.

« Ils sont entassés, disait-il à Nouche, sombrant dans la colère pour ne pas céder au découragement, même toi ce n'est plus pareil. Pourtant j'ai suivi tes conseils. Congédié la Tricoteuse, déchiré les fiches d'inscription devant tout le monde. Je me suis ridiculisé... »

Nouche essayait de le rassurer, rien n'a changé entre nous, répétait-elle, et Thomas brassait l'air avec ses bras, justement, répondait-il, c'est bien ce qui me désole, rien n'a changé. L'immobilité, la stagnation, ce silence orchestré par l'arrière, par Médard et ses airs de mère supérieure à l'heure de la distribution du pain d'épice...

Nouche riait et Thomas se laissait attendrir. « Je parie que tu n'arrives pas à m'attraper », lançait-elle.

Elle allait se cacher au fond de la penderie. Les vêtements glissaient des cintres, sous un tas de vestes et de pantalons qui sentaient le pressing elle jouait au fantôme. Thomas fermait les rideaux. En quelques contorsions Nouche se débarrassait de sa robe. Nue elle ressortait et, sous le regard interloqué de Raspoutine, s'enfuyait à quatre pattes vers la chambre, ses petites fesses offertes encadrant gentiment la forêt noire de son Missouri — puisque ainsi ils appelaient cet Etat du centre, son Amérique profonde en quelque sorte, cet ailleurs tout proche, si proche que Thomas devait respirer très profondément pour garder son calme, faire semblant de chercher Missouri partout, sous la table, il l'appelait, dans la salle de bains, derrière les caisses de partitions.

« Je suis là », criait enfin Nouche, n'y tenant plus. Thomas se plantait devant elle, très lentement il se déshabillait à son tour et, au moment où elle allait s'enfuir, lui sautait dessus. Il lui mordillait le cou, les épaules, il attrapait ses poignets, l'obligeant à garder ses bras prisonniers derrière son dos jusqu'à ce qu'elle demande grâce et s'abandonne à son étreinte.

Une fois, après lui avoir fait l'amour, il avait enfilé son habit de concert et, debout près du lit, avait regardé le corps de Nouche. Elle était restée immobile, elle ne semblait même pas le voir. Thomas avait pensé aux photos. Cette absence l'enchantait.

Raton tomba officiellement malade la veille de Noël. Depuis le renvoi de l'ex-Tricoteuse, elle se plaignait de maux de gorge et de migraines. Médard avait continué à fouiller régulièrement l'antichambre, sous prétexte de comprendre comment étaient organisées les archives.

« Imagine qu'il t'arrive quoi que ce soit », expliquait-il avec un large sourire.

Raton avait de plus en plus froid, dans ses grogs le rhum prit le pas sur l'eau bouillante et le jus de citron, c'était la seule boisson qu'elle acceptait encore d'avaler. Médard pour avoir la paix forçait la dose d'alcool, alors la toux se calmait, Raton s'endormait comme une bienheureuse.

Au retour des vacances de fin d'année, Médard annonça aux Célestins la bonne nouvelle : la Marche funèbre pour la Mort d'un Nénuphar serait donnée en concert le vendredi 1er avril, un siècle jour pour jour après l'enterrement d'Alkan. Toutes les autorisations avaient été obtenues, la manifestation serait patronnée par le ministère et retransmise à la radio. Il dit « le ministère » en appuyant très fort sur la première syllabe. Sans que l'on sût s'il s'agissait d'une couverture morale ou financière, et si tel était le cas de quel portefeuille le chœur dépendait, on applaudit : le mot seul, sa façon d'être prononcé, conférait à l'entreprise une importance irréfutable.

Dès lors, les Célestins prirent la mesure du chemin qui restait à parcourir. On compta les semaines, le nombre de répétitions avant la générale. Raton ne guérissait pas, elle ne manqua pourtant aucune séance de travail. Elle empilait les cardigans sous sa robe de chambre et traînait ses charentaises jusqu'à la salle, tirait une chaise puis s'abattait enfin près du piano, un peu hagarde. De temps à autre elle enlevait la main droite de sa poche et se penchait sur le clavier, sous prétexte de tourner une page de la partition, mais déjà il était trop tard, les lignes se brouillaient, les notes dansaient sous ses yeux, sa tête partait sur le côté ; elle se réveillait en sursaut quelques mesures plus tard. De sa thermos chinoise elle dévissait le bouchon, se servait une rasade de ce qu'elle appelait sa potion, et reprenait des forces. Parfois elle ronflait, les jambes écartées, abandonnée sur son siège.

Indignées par ce manque de tenue, les Tricoteuses reportèrent sur elle toute l'angoisse du concert qui approchait. Dialyse disait de leurs cœurs qu'ils s'étaient asséchés à force de se donner à l'ouvrage. Toutes aiguilles dehors, elles s'acharnèrent sur la pauvre femme, la renvoyant sans pitié à ses couvertures chauffantes. Jean et le baryton, qui à travers Raton pensaient atteindre Médard, se joignirent aux sopranos pour rédiger une pétition. Sa présence aux côtés de la pianiste, y lisait-on, portait atteinte à la santé du chœur. Cette façon d'afficher sa maladie, comme si chacun devait en assumer la responsabilité et les conséquences, était inadmissible. Pourquoi ne restait-elle pas au lit ?

A la pause, Médard montait lui recharger sa thermos. Il déconseillait à Raton d'aller consulter un médecin, des obsédés de la pilule, commentait-il, ils vont te mettre sous antibiotiques, plus un gramme d'alcool, les intestins en compote, mieux valait faire confiance à la nature.

« Pour qu'une mécanique marche, ajoutait-il, il est indispensable de lui laisser un peu de jeu. »

Et Médard se jouait d'elle, l'offrant en pâture aux choristes aussi sûrement que s'il avait voulu s'en débarrasser. Que lui apportait, en fin de compte, cette gamine frileuse à la mine chiffonnée ? Des reproches, toujours des reproches. Certes, son lapin lui évoquait de bons souvenirs, mais partageait-on sa vie avec quelqu'un à cause d'une vieille odeur de civet ?

Peut-être bien, se disait-il certains jours, peut-être bien.

Yoghourt parmi les Tricoteuses fut la seule qui manifesta le désir de sortir Raton de l'enfer dans lequel elle se laissait enfoncer. Un après-midi, elle se rendit au presbytère, toute pomponnée, les cheveux frisés et la bourse pleine de ces remèdes qu'elle aimait distribuer autour d'elle, comme d'autres sèment la bonne parole, dans l'espoir d'une réforme à long terme des mentalités, une reconversion sanitaire s'entend, qui d'après elle résoudrait les problèmes de l'humanité. Alors qu'elle s'apprêtait à frapper, la porte se déroba sous son index, découvrant une Nouche fort embarrassée de surprendre la Tricoteuse, plantée sur le palier, raide comme un petit soldat de l'Armée du Salut envoyé au secours de son âme.

Mais non, ce n'était pas elle que Yoghourt venait sauver.

Les deux femmes échangèrent quelques formules de politesse qui ne justifièrent en rien la présence de l'une ni de l'autre dans les locaux des Célestins en dehors des heures de répétition. Nouche imagina les joues flasques de son interlocutrice frémissant sous les caresses de Médard. Un peu de poudre parfumée, mêlée aux pellicules...

Yoghourt quant à elle vit Nouche se pencher au-dessus de Raton, elle rajustait ses oreillers, puis changeait l'eau des fleurs — la femme de Jean n'était peut-être pas aussi insouciante qu'elle en avait l'air. Pourtant Nouche s'enfuyait maintenant, lui cédant la place, comme si elle regrettait de s'être laissé émouvoir.

C'est une Yoghourt perplexe qui pénétra dans l'antichambre. La pièce était vide. Comme personne ne venait, elle s'assit sur la chaise branlante, près de la fenêtre. Elle aurait dû profiter de cette entrevue, pensa-t-elle, pour demander à Nouche des nouvelles de son fils. Noé allait-il régulièrement à la selle, mangeait-il assez de légumes cuits, sortait-il avec des camarades de son âge ? Et les filles ? Et la petite soprano blonde, par exemple ? Nouche pourrait l'inviter à déjeuner un de ces dimanches. Car le médecin moustachu serait à rayer définitivement des fréquentations de Noé, dès la fin des répétitions, il faudrait s'y résoudre, pour le bien de l'adolescent...

Yoghourt parlait toute seule. Le jour tombait déjà. Du bureau de Médard s'éleva la sonnerie du téléphone. Quatre coups, un cinquième, plus rien. L'administrateur ne devait pas être là. Enfin, Yoghourt entendit la toux sèche de Raton. N'y tenant plus, elle s'avança sur la pointe des pieds dans le couloir.

De la porte vitrée de la cuisine s'échappait une faible lumière. Yoghourt serra son sac sur sa poitrine. Son gros nez se colla contre le carreau.

Raton était assise par terre, devant le frigidaire

ouvert. Elle pressait un citron au-dessus d'un entonnoir, fiché lui-même dans une bouteille de rhum. Le frigo était plein à ras bord de casseroles et de saladiers dont les couvercles improvisés, des assiettes en porcelaine, étaient également chargés de victuailles. Yoghourt aperçut sur l'une d'elles un tas de chair rouge, lisse et brillante, qui ressemblait à une plante tropicale. Presque toutes les autres présentaient des volumes semblables, finement découpés, mais recouverts d'un duvet gris aux reflets verdâtres. Une main s'avança, saisit un pot, puis disparut. Raton versait maintenant une longue traînée de miel d'acacia qui traversa paresseusement le liquide pour aller se déposer au fond de la bouteille. Elle enleva l'entonnoir, appliqua sa paume contre le goulot et secoua de toutes ses forces la préparation. Une tache se forma sur le devant de sa chemise de nuit. Elle porta le tissu à sa bouche et aspira, ce qui déclencha une nouvelle quinte de toux. D'un geste furieux, elle ferma le frigidaire.

Replongée dans la pénombre, à petites gorgées nerveuses et sous le regard sidéré de Yoghourt, elle se mit à boire.

Avec acharnement, Raton buvait encore. La Tricoteuse avait honte d'assister à cela et se demandait quel démon l'avait poussée à quitter l'antichambre. Nouche lui avait fait perdre la raison. Le bruit d'une chasse d'eau interrompit ses pensées. Yoghourt se colla contre les manteaux suspendus dans le couloir. Avec un peu de chance, Médard ne la verrait pas lorsqu'il sortirait des toilettes.

« Et le téléphone, cria-t-il à l'adresse de l'administratrice, c'est pour les chiens ? Je t'avais demandé de répondre pourtant, mais on ne peut compter sur personne, il faut tout faire soi-même, figure-toi qu'il s'agissait sûrement du ministère... »

Raton, paralysée par la voix de Médard, retint son souffle. Elle entendit des pas s'éloigner, il entrait dans son bureau et composait nerveusement un numéro sur son cadran de bakélite. A tâtons, elle cacha sa bouteille derrière une pile de torchons, dans le bas du placard, s'essuya la bouche du revers de la manche, rota et entreprit de se lever.

Une tortue échouée sur sa carapace n'aurait pas eu l'air plus désarmée. Dans un sursaut, Raton lança son bras vers le haut et agrippa ce qui lui tombait sous la main, en l'occurrence le morceau de tissu qui recouvrait la première planche du vaisselier.

Yoghourt entendit nettement le vacarme des verres cassés alors qu'elle s'enfuyait vers l'antichambre. « Je n'ai rien vu », se répétait-elle pour s'excuser (le napperon qui résiste un peu, les doigts de Raton se crispant, le napperon qui fronce, cède par le milieu, entraînant avec lui sa cargaison de coupes et d'assiettes à dessert. Yoghourt avait tout vu et longtemps encore ces images la poursuivraient : Raton levant le menton, comme au ralenti, Raton se repliant, recevant sur la tête la vaisselle), « je n'ai rien pu voir, il faisait noir, je venais juste d'arriver, je suis partie avant, je ne savais pas... »

Elle se glissa dans l'entrée alors que Médard téléphonait encore. D'une voix posée, un timbre gorgé de ministère, elle l'entendit prononcer le nom de Thomas Morhange, puis celui d'Alkan.

« Un compositeur juif, dans une église, vous comprenez », disait-il.

Son interlocuteur comprenait. L'administratrice hurlait comme un cochon qu'on égorge. De la rue, tout semblait pourtant si calme.

Raton disparut du paysage des Célestins. Jean et les Tricoteuses se réjouirent. Ils demandèrent néanmoins régulièrement de ses nouvelles à Médard qui, tout aussi régulièrement, répondait par des pirouettes auxquelles personne ne portait foi et dont tous se contentaient. Il allait mieux, le Petit Rat, il serait rétabli pour le concert, il distribuerait les programmes à l'entrée de l'église et placerait les spectateurs, on pouvait lui faire confiance. Une méchante grippe, un regrettable accident — quelques points de suture, pas de chance en vérité, mais ces bêtes-là sont solides, ah oui ! il en fallait plus pour les mettre hors circuit — et la plaie se referma sans qu'aucune complication ne vienne troubler la bonne conscience du chœur. La pianiste, enfin libérée de la présence de l'administratrice, reprenait des couleurs. Médard même paraissait soulagé. Seule Yoghourt s'inquiétait.

La soprano en effet se persuada que Raton était à l'article de la mort, enfermée dans quelque recoin du presbytère, et tremblait à l'idée que Nouche ne fît un rapprochement entre sa visite et l'éclipse de la malheureuse. Mais la mère de Noé semblait toute disposée à oublier leur rencontre dans l'antichambre de l'administration. Elle se bornait à la dévisager de temps en temps d'un air méfiant, alors la choriste croisait les doigts pour conjurer le mauvais sort, et Nouche baissait les yeux.

A mesure que la date du concert approchait, Yoghourt devenait plus superstitieuse. Elle expliquait à qui voulait l'entendre que le nénuphar, plante amère et astringente, avait exercé une influence désastreuse sur l'organisme fragile des Célestins. « Ces trucs qui flottent, disait-elle, on ne sait pas ce que ça cache. » Elle préconisait à titre d'antidote une alimentation riche, sans concession aux modes culinaires de l'époque. Tartines, tartares ou poissons marinés devaient être remplacés par des plats longuement mitonnés, à base de pommes de terre, de légumes secs et de lard fumé.

« Du solide, concluait-elle, voilà ce dont nous avons besoin pour ancrer les harmonies de la Marche funèbre. »

Les jours passaient et son régime ne faisait pas recette. Alors Yoghourt, sentant la nécessité d'une cause commune, quelque chose de bien lourd à défaut de cassoulet, s'enhardit à répandre le bruit du décès de Raton.

La rumeur arriva à point nommé : on commençait à s'ennuyer. Les anti-Médard, qui malgré les housses et la naphtaline ne s'étaient pas laissé exterminer, en profitèrent pour reprendre leur petit travail de sape. Du haut de son air respectable, Jean dirigeait les opérations, assisté de son voisin le baryton-géologue qui espérait toujours succéder à l'administrateur — ou conquérir une place aux Sablières. Nouche les soutenait, discrètement. Jean se réjouissait de sentir son épouse à ses côtés. Dialyse peu à peu avait succombé de nouveau à la tentation du combat et ses camarades du dernier rang, trop heureuses de la retrouver, lui promirent d'oublier ses infidélités. On fêta cela au café. Comme par enchantement, la musique ressuscita.

Thomas ne comprit pas d'où venait ce regain de vitalité. Remercia Nouche, au cas où. Il en profita pour mettre en place le dernier mouvement de la Marche funèbre. On décida que désormais les répétitions se dérouleraient sans l'aide du piano. Accessoire indispensable à la bonne tenue des voix, le diapason fit son entrée officielle aux Célestins.

De l'autre bord, les nouvelles aussi étaient bonnes. L'Albinos se laissait pousser les favoris, ce qui sur sa peau rosée était d'un effet pour le moins curieux. Le docteur avait pris quelques kilos, les vacances, se lamentait-il, enfin le gang des Postiches prospérait. Ils organisèrent même après une des séances du lundi un vin en l'honneur du ministère qui, contre toute attente, s'obstinait à soutenir « l'opération Alkan », puisque ainsi était appelé le concert du 1er avril.

Raton profita de cette occasion pour refaire surface. Elle traversa la salle d'un air conquérant et malgré sa mine de papier mâché on fut bien obligé de se rendre à l'évidence : Médard n'avait pas tué son Petit Rat.

« Pas encore », rectifia la pianiste, ravie soudain de ne plus être au piano. C'est ce soir-là qu'elle eut l'idée de chanter avec les sopranos. La Raton, comme elle disait à Yoghourt, commençait à lui ronger les neurones. Celle-ci ne savait trop que penser. L'administratrice vivante, ses prophéties s'écroulaient, et avec elles la crédibilité de ses multiples remèdes.

Avant même d'enlever ce béret de laine qui lui mangeait la moitié du visage, Raton se servit un verre de punch, le vida à la santé du ministère puis d'un geste théâtral se découvrit. De ses cheveux ne restait qu'une bande étroite, ramassée en chignon dans le cou. Sa tête rasée était sillonnée de cicatrices.

Le frigidaire ouvert, la main qui s'accroche au tissu, le bruit de vaisselle cassée... Yoghourt détourna les yeux. Quelques points de suture, sur la tempe droite de Raton, commençaient à se résorber. Mais plus que tout, plus que ces lignes violacées, ces lèvres boursouflées prêtes à se rouvrir, la forme du crâne de Raton provoqua la stupeur des choristes. Exception faite des pellicules, la ressemblance avec celui de Médard était étonnante. Du haut de son front en effet partait une plaine bosselée qui de façon très abrupte plongeait droit vers sa nuque. Jamais on n'aurait pu imaginer que de tels reliefs se cachaient sous ses cheveux.

L'administratrice tendit son verre en direction du buffet. Son profil de rat, accentué par sa temporaire calvitie, fouillait l'espace à la recherche d'une présence amicale. Mais personne ne répondait, on fuyait son regard, le verre resta vide.

« Et alors, lança-t-elle, chancelante, ça vous gêne tellement que je sois rétablie ? »

Médard jouit du silence qui suivit la question de Raton. Raspoutine était descendu de son perchoir pour flairer les pantoufles de la revenante. Elle l'envoya promener d'un coup de pied. Tout ce qui, de près ou de loin, lui rappelait Thomas la replongeait dans le souvenir dégradant des fiches déchirées.

« C'est ça, je m'en doutais, grommela-t-elle, ils

veulent me tuer, ils n'attendent rien d'autre que ma mort. »

L'ancien Chanteur à la Croix de Bois ne put retenir un fou rire malséant, qu'il étouffa comme il le put entre les pages de son journal sportif. Le médecin moustachu s'approcha de Noé. Dialyse et Yoghourt, liées bien malgré elles par la même curiosité, le virent se pencher vers son protégé, lui soufflant quelque chose à l'oreille. Alors, l'adolescent ouvrit la bouche et tira la langue. L'homme sortit de sa sacoche une minuscule torche chromée et observa sa gorge. Il nota quelques phrases sur son carnet à spirales.

« Bientôt, dit-il, tu ne pourras plus changer d'avis... »

Depuis quelques répétitions, le médecin le poussait à rejoindre le pupitre des basses.

« Je ne comprends pas ton obstination. Les ténors montent très haut, beaucoup trop haut pour toi, surtout vers la fin de la Marche funèbre. »

Noé le savait et se sentait tout à fait capable de passer dans les basses. A force d'entendre son père répéter sa voix, à la maison, il la connaissait par cœur, presque mieux que la sienne. Mais il était hors de question qu'il chante la même chose que lui.

« C'est Jean ou moi, répondit-il au médecin, et puis comment finirez-vous votre étude si je m'en vais ? Ne sommes-nous pas bien ensemble ? »

Le moustachu balbutia. La naïveté de Noé était affolante. Ne comprenait-il pas que lorsqu'il posait ses doigts sur son cou, sous prétexte de contrôler le va-et-vient de sa pomme d'Adam, il ne pensait pas, mais pas du tout à ses recherches universitaires ? C'était une torture, chaque semaine, que de retrouver Noé, de savoir qu'il allait lui réserver une place, qu'il entendrait ses commentaires malicieux et toute grande ouvrirait la bouche, dès qu'il le lui demanderait. Peut-être cette fois oserait-il frôler son sexe du revers de la main, ou passer son bras autour de sa taille. Par inadvertance.

Une inadvertance qui un jour lui coûterait cher. Ne jasait-on pas chez les Tricoteuses ? Il avait été un peu rude à l'égard de Yoghourt, elle avait toutes les raisons de lui en vouloir. Alors, il ne soupçonnait pas qu'au-delà du jeu, son attraction pour Noé se transformerait en amour, il fallait se l'avouer, en véritable obsession.

Amour ou obsession ? Caresser les os saillants de ses hanches, sentir son ventre creux, descendre, saisir, pénétrer, se laisser venir entre ses cuisses serrées, ses longues cuisses d'enfant...

Non, repousser de quelques places, l'envoyer dans les basses, pensait le médecin en essayant encore de persuader Noé qu'il devait accepter sa nouvelle tessiture, enfin le mettre sous la protection de son père et se décharger de ce désir envahissant.

La voix de Raton interrompit ses réflexions. « Il ne veut pas me croire », criait-elle, sans que l'on sût à quoi elle faisait allusion. Elle attrapa Jean par la manche et le secoua, comme pour le réveiller. Nouche s'élança au secours de son mari et de sa réputation. Raton l'avait vue plus d'une fois sortir du bureau de l'administration, la mine défaite, le regard triste. Que savait-elle de sa vie privée ? Médard lui assurait qu'elle ne se doutait de rien. Que jamais elle n'aurait écouté aux portes, ou regardé par le trou de la serrure. « Question d'éducation », expliquait l'administrateur, comme si c'était lui qui l'avait élevée.

Près de l'armoire, se raccrochant à ce qu'elle pensait avoir de plus beau, la benjamine des sopranos tressait ses longs cheveux blonds. Bien qu'elle chantât avec les Célestins depuis le début de l'année, il lui semblait toujours être là de façon provisoire, à l'essai. Thomas, pour échapper au terrorisme de Raton, s'approcha d'elle.

« Je ne me souviens plus de votre prénom, dit-il avec douceur.

— Florence, répondit-elle.

— Et c'est votre premier chœur ? »

La jeune fille hocha la tête. Sa timidité était contagieuse. Thomas aurait aimé parler un peu avec elle, mais il n'osa poursuivre plus avant une conversation qui bientôt deviendrait le point de mire de tous les choristes. En effet, l'administratrice se dirigeait vers eux, suivie de Médard, puis de Jean et de son épouse. Nouche portait ce soir-là une robe que le chef connaissait bien. Une robe relativement longue (elle lui couvrait presque les genoux), boutonnée de haut en bas, petits boutons de nacre qui ne demandaient qu'à sauter tant ils maintenaient le tissu serré près du corps, et que Thomas défaisait toujours de bas en haut malgré les protestations amusées de Nouche. « Pas par le sud, s'indignait-elle, quel manque de savoir-vivre, jamais directement par le sud ! »

« Le Missouri s'approche par l'Etat d'Iowa, expliquait-elle encore, à la rigueur par l'Illinois, mais certainement pas par l'Arkansas ! »

Thomas, qui n'avait que des notions très vagues de l'ordonnance des Etats d'Amérique, se plaignait de la complexité des désirs féminins. Jean ne se posait pas ce genre de problème : il laissait sa femme se déshabiller toute seule. Non, Jean n'osait pas. Il aimait Nouche à l'anglaise, poliment, sans la froisser.

« Personne ne me croit, et c'est sa faute ! » répétait Raton en désignant Thomas Morhange. « Comment prouver que le ténor et la soprano ont été membres des Célestins ? Pourquoi avoir déchiré les fiches, pourquoi, ne comprenez-vous pas que c'est une partie de moi-même qu'il a déchirée ? »

Thomas regarda les cicatrices de Raton. Il voulut s'excuser : « Un mouvement de colère, bredouilla-t-il, mais Médard lui coupa la parole.

— Vous n'allez tout de même pas vous chamailler pour deux malheureux bouts de papier », tempéra-t-il.

Raton baissa la tête. Son crâne rougit de confusion. L'administrateur lui tendit son béret qu'elle avait laissé tomber près du buffet.

« Tu m'avais promis de ne pas l'enlever, dit-il d'un ton tranchant, on ne peut pas te faire confiance. Plus un mot maintenant, c'est entendu ? »

Raton était au bord des larmes. Elle cacha de nouveau ses blessures et se réfugia à sa place habituelle, non loin du piano. Protégée par la masse sombre elle éclata en sanglots.

Elle attendit que le dernier choriste fût sorti pour rejoindre l'antichambre. Comme toutes les nuits depuis que Médard avait fouillé dans ses archives, elle s'enroula dans une couverture et s'assit sous la fenêtre. Il fallait bien que quelqu'un se dévoue, disait-elle, pour garder la mémoire des Célestins.

Noé sortait de chez le dentiste. Il avait accepté ce rendez-vous juste avant une répétition des Célestins pour se donner du courage. L'un compenserait l'autre, pensait-il, la perspective de retrouver Thomas Morhange allégeant celle d'être happé par les lunettes de l'assistante, verres cerclés d'écaille que Noé fixait pendant les soins — tout, plutôt que de voir les instruments nickelés s'enfoncer à l'intérieur de sa bouche, avant d'attaquer ses pauvres molaires dans un vacarme de travaux publics. Heureusement, la salle d'attente ainsi que le cabinet étaient confortables, équipés de haut-parleurs qui diffusaient une musique apaisante, si l'on peut qualifier de musique — et d'apaisement — ces arpèges joués au piano sans autre prétention que celle de vous clouer à votre siège et de faire passer le temps.

Cet après-midi-là — peut-être savait-il que son jeune client chantait dans une chorale —, le dentiste avait bouleversé sa programmation. A moins que ce ne fût l'assistante, oui, ce devait être elle qui s'occupait des disques, les tournait, les remettait dans leurs pochettes respectives, elle qui soufflait sur le saphir.

Elle avait choisi pour Noé le Stabat mater de Pergolèse, interprété par deux hommes, une haute-contre et un enfant. Leurs voix s'entremêlaient avec une sensualité dont le dentiste ne semblait pas avoir conscience. L'assistante non plus, d'ailleurs, qui gloussait bêtement aux propos de son patron.

« Du gâteau, répétait-il en détectant de son grattoir une belle carie profonde, du gâteau », et il soupirait d'aise.

Noé écoutait la musique. Il imaginait les deux chanteurs, debout l'un à côté de l'autre dans le chœur d'une église. Pour la première fois de sa vie, il regretta de n'avoir eu en guise de frères aînés qu'un violoncelle et une plante aux feuilles grasses. Il se demanda pourquoi ses parents avaient réussi à le fabriquer, lui (mais était-ce une réussite ?), et lui seulement. Ce privilège, qui hier le comblait d'aise, le rendait un peu triste soudain, coupable peut-être, comme si sa volonté de rester fils unique avait empêché Nouche d'attendre un autre enfant. Car où aurait-on installé le nouveau-né ? Il n'était pas question, à l'époque, qu'il partageât sa chambre et l'ombre de son caoutchouc. Pas question qu'il accepte de partager sa mère.

Une note tenue, si fragile dans le silence, lui fit monter les larmes aux yeux. Il comprit ce que le ténor moustachu, son voisin, voulait dire lorsqu'il parlait de l'ange et du paradis perdu. Le petit chanteur se serrait contre le grand, sur les bancs de l'église les spectateurs retenaient leur souffle. Ensemble ils retenaient le temps — car telle était selon Thomas Morhange la qualité essentielle de la musique, non pas le faire passer, comme ces arpèges au piano qui constituaient le répertoire ordinaire du cabinet, le faire passer plus vite, mais au contraire l'arrêter, ne serait-ce que quelques secondes, le suspendre et nous permettre d'oublier, disait-il, que demain il faudra s'en aller. Comme tout le monde. Comme Alkan, le grand homme disparu, l'ancêtre vénéré.

Noé soupira. A sa connaissance, sa famille ne comptait parmi ses membres aucun artiste. Pas la moindre célébrité. A moins que l'exploitation des Sablières puisse être considérée comme une création, et l'exportation du sable un acte poétique — idée qui fleurissait dans l'esprit de l'adolescent à mesure que s'éloignait l'obligation de reprendre l'entreprise. Ne fallait-il pas être illuminé pour se plonger corps et âme dans une telle affaire ?

Marchand de sable, se répétait Noé, mon père est marchand de sable.

Les doigts du dentiste qui sortaient de sa bouche vinrent interrompre ses réflexions. La peau blanche, comprimée par des gants de caoutchouc transparent, lui donna la nausée. Un filet de salive s'étira, puis retomba sur sa joue. Noé se raccrocha à l'œuvre de Pergolèse. Il aurait aimé qu'on augmente le son, mais le dentiste appuyait si lourdement sa main contre sa mâchoire inférieure pour la tenir ouverte et immobile qu'il abandonna l'idée de prononcer un mot.

Noé avait accepté qu'on l'anesthésie. D'ordinaire, il préférait souffrir plutôt que de sentir l'aiguille pénétrer dans la gencive, ou pire, dans le palais, avant d'injecter son liquide amer. Mais ce jour-là, il ne demandait qu'une chose : ne pas avoir mal. Il ferma les yeux, quittant les lunettes de l'assistante, et se laissa dériver dans un monde d'angelots joufflus armés de tronçonneuses et de marteaux piqueurs. Une phrase de Tchekhov lui revenait sans cesse en mémoire. *Notre planète*, suggérait l'écrivain, *se trouve peut-être dans la dent creuse d'un monstre.* Il n'arrivait pas à détacher ses pensées de la vision concrète des choses, la terre s'enroulant sur elle-même comme un chaton à la poursuite de sa queue ; le globe bleu, si petit au regard de l'infini, huit couché dans une cavité monumentale, double cercle d'émail et d'ivoire attaqué siècle après siècle par l'infection, la pourriture du temps et de l'espace. Peut-être était-ce cela qu'on appelait l'expansion de l'univers, la fuite des galaxies, ou à une moindre échelle la croissance, cette lente érosion qui élargissait l'espace du dedans.

Le bruit de la roulette couvrait maintenant la musique. Une fraise gigantesque attaquait la planète et les hommes affolés couraient dans tous les sens, bactéries invisibles aux yeux de celui qui soignait la dent cariée du monstre.

Une tape sur la joue fit sursauter l'adolescent.

« Tu fermes, tu serres, tu ouvres », articula le dentiste. Il tenait entre ses doigts une feuille qui ressemblait à du papier carbone. Le disque était fini, pourtant il continuait à tourner sur la platine. A intervalles réguliers, un craquement rappelait sa présence. Noé pensa aux phonographes, leurs pointes d'acier qu'il fallait changer après chaque morceau, il revit l'aiguille de la seringue pénétrer dans son palais, celles des Tricoteuses et la trotteuse de Raton, les images s'enchaînaient, accompagnées de bruitages sinistres, grincements, sensation de rayures, déchirement d'un tissu, cartilages écrasés, vertèbres démises dans une douleur sourde qui évoquait le frottement de l'éponge sur le tableau noir. Il ouvrit de nouveau les yeux. Ses cauchemars se heurtèrent au sourire éclatant du dentiste. Celui-ci paraissait satisfait de son travail. Un dernier coup de ponçage (papier de verre sur fourneau à gaz, scie attaquant une plaque de fer), et il demanda à Noé de se rincer la bouche. Dans le gobelet que lui tendait l'assistante, un comprimé effervescent achevait de se dissoudre. Noé eut du mal à boire. Son visage ne lui appartenait plus.

C'est dans cet état qu'il arriva à Saint-Léonard, les lèvres endormies, l'esprit brouillé et les mains douloureuses à force d'avoir serré les poings. Il n'aurait jamais cru qu'un son puisse être perçu de manière aussi pénible. En l'occurrence, ce n'était pas tant le bruit de la roulette qui avait déclenché ces rêves angoissants que la lutte des chanteurs pour se faire entendre, puis la disparition des voix, ponctuée par ce craquement d'outre-tombe. Là-bas derrière, sur la platine, il y avait quelque chose qui tournait pour rien, quelque chose de beau dont tout le monde se moquait. Quelque chose qui était oublié. L'adolescent pensa à Alkan, à la douleur de Thomas Morhange. Il était si pâle en se levant que l'assistante l'avait obligé à boire une tasse de café sucré avant de sortir.

Au lieu de prendre l'autobus, Noé avait marché jusqu'à l'église. Ses dents soignées paraissaient énormes sous le bout de sa langue. Il s'arrêta longuement devant un miroir, posé dans la vitrine d'une parfumerie, pour s'assurer qu'il n'était pas défiguré par ses nouveaux plombages.

Non, ça ne se voyait pas. Mais c'était presque pire.

Aller chez le dentiste avait toujours été pour Noé une épreuve, au sens initiatique du terme. Ce phénomène prenait racine dans une de ces croyances enfantines que l'adolescent n'avait jamais vraiment réussi à chasser de son esprit. Très jeune, il s'était persuadé que les grains de sable, ceux de la plage et des carrières, ceux dont son père faisait commerce, n'étaient en réalité que des bouts de dents, les dents pulvérisées de tous les hommes qui avaient séjourné sur terre depuis le premier jour de la création. Selon son imagerie intime les chairs se liquéfiaient, les os peu à peu tombaient à l'état de poussière, l'âme s'envolait, se volatilisait pour être plus précis, mais les dents, noyaux durs de l'être, jamais ne réussissaient à se décomposer totalement. C'était pour cela, avait-il un jour expliqué à sa mère, qu'on ne supportait pas de tomber sur un grain de sable en mangeant. L'ivoire grinçant sur l'ivoire donnait au vivant l'impression de rencontrer la mort. Il avait peur de se casser quelque chose, grimaçait, crachait, se rinçait la bouche comme si on l'obligeait à ronger les squelettes blanchis du caveau familial.

Nouche lui avait demandé d'où il sortait cette histoire, les dents étaient moins solides qu'il l'imaginait, elles pouvaient pourrir, dit-elle, aussi sûrement que le reste du corps.

Noé n'avait pas bronché. Devait-il croire sa mère ? Toujours est-il qu'en quittant le dentiste il se sentait chaque fois troublé, et prêt à affronter le monde en des termes nouveaux.

Comme tous les lundis, la répétition commença par une bonne demi-heure de technique vocale. Thomas Morhange insistait sur la nécessité de travailler la respiration, le murmure, les chuchotements avant d'aborder les vocalises proprement dites. A la grande joie des Célestins, il inventait semaine après semaine de nouveaux exercices. Nous devons, expliquait-il en début d'année, recréer à chaque séance un paysage sonore commun et ne nous lancer dans l'étude de l'œuvre qu'avec la certitude d'avoir ouvert entre soi et les autres choristes les chemins d'une profonde attention. Accorder son oreille, en quelque sorte, avant de projeter sa voix. Ainsi l'espace, poursuivait-il, la matière pouvait se mettre en vibration, renvoyant aux chanteurs comme au public un son riche, juste, un son émouvant.

Ce jour-là, Noé eut beaucoup de mal à se laisser emporter par le lyrisme de Thomas. Il lui semblait qu'un mur poreux, une épaisse paroi de mousse le séparait du chœur. Son voisin et ami avait beau le rassurer, il avait l'impression de chanter faux. Ses plombages le gênaient. Leur goût, surtout, était désagréable. Sa bouche anesthésiée l'empêchait de prononcer clairement les consonnes. Il écoutait.

« Inspirez, une bonne odeur dans la tête, puis laissez filer les voyelles, très naturellement. »

Raspoutine, vigilant, observait les gestes de Thomas. Parfois il jetait un coup d'œil étonné vers ceux qui pour lui constituaient le public, ces corps attentifs qui se penchaient vers l'avant sous les caresses du chef.

« Vous forcez trop, corrigeait-il. Oubliez vos poumons, votre larynx, vos cordes vocales, laissez-les tranquilles ! Relâchez la mâchoire, la nuque. Voilà qui est beaucoup mieux, les altos ont enfin compris... »

Petite vague de plaisir chez les altos. Sourire de Nouche. Elle s'était retournée vers son fils, comme chaque fois que le chef adressait des compliments à son pupitre. Noé fit semblant de ne pas la remarquer.

« De la légèreté, messieurs les ténors, reprit Thomas, je vous en supplie, on dirait un débarquement de curistes, c'est effrayant ! »

Comme pour confirmer ses dires, l'Albinos fut pris d'une quinte de toux. Son voisin, l'ancien Petit Chanteur à la Croix de Bois, commença par lui assener de violentes claques entre les omoplates. Il en profitait.

« Plus haut, rouspétait l'Albinos en s'étranglant, moins fort et plus haut ! »

Un moustachu solidaire lui fit passer sa boîte de pastilles. Tout le monde se servit au passage. Une odeur fraîche de menthe et de citron se répandit parmi les ténors. Raton essaya de se lever en s'accrochant au couvercle du piano pour lui proposer une gorgée de sa potion magique. Le bouchon de la thermos lui échappa des mains. Elle abandonna.

Son état empirait de jour en jour. Sa grippe semblait guérie pourtant et les derniers points de suture se résorbaient sous son béret. Elle ne le quittait que pour les faire admirer, en douce, lorsque Médard avait le dos tourné. Elle se plaignait toujours de ce froid qui, disait-elle, finirait bien par l'emporter.

L'Albinos se calma enfin. Les Tricoteuses applaudirent, c'est-à-dire qu'elles choquèrent leurs aiguilles les unes contre les autres, les lèvres pincées, la pelote coincée sous le bras. Il les regarda d'un air mauvais. Il n'en pouvait plus de travailler dans ces conditions, dit-il assez fort pour que Thomas l'entende, quitta sa place en renversant une chaise au passage et s'installa au fond, près de Médard.

Le travail reprit. Soulagé de la voix de l'Albinos, dont le timbre métallique écrasait toute tentative de finesse, le son des ténors s'éleva, timide, certes, mais fluide, sans tension parasite, ce qui imprima sur le visage de Thomas Morhange le masque du ravissement.

« Quel clown ! » commenta le médecin moustachu. Oubliant son handicap, Noé se laissa emporter par la bonne humeur retrouvée de son pupitre. Peut-être l'adolescent chantait-il plus fort que d'habitude pour compenser son articulation déficiente et fêter le retrait de l'Albinos, car Thomas le félicita. Il lui reprochait souvent d'être trop discret. « Souviens-toi, lui rappelait-il, lorsque tu étais avec les sopranos, tu y allais, sans te poser de questions, et c'était beau, cette confiance que tu t'accordais à toi-même, c'était un cadeau pour nous qui t'écoutions.

« Prenons le second mouvement de la Mort d'un Nénuphar, dit-il encore, et faisons-le rebondir d'un côté à l'autre du chœur. Imaginez son trajet dans la salle, soyez précis, ne vous pressez pas. »

Lentement on glissait des exercices à la partition. Noé jouait avec les notes qui s'échappaient de sa bouche endormie. La musique se débrouillait très bien sans lui, utilisait ses lèvres, ses muscles, sa peau ; ses poumons se remplissaient tout seuls, puis se vidaient, va-et-vient des sons dans l'espace, il sentait l'esprit de Thomas le pénétrer, Thomas se serrer contre lui, s'éloigner, se serrer. Thomas qui se balançait maintenant vers le pupitre des basses, puis vers celui des sopranos, mais dont les pieds restaient immobiles, une algue dans le sable, Thomas amoureusement planté dans l'estrade.

Noé, emporté par le flot des voix, eut soudain l'impression d'entendre l'enfant du Stabat mater. Car il suffit d'une note, se dit-il, d'une note tenue pour évoquer quelqu'un. Cette idée le réjouit, comme s'il pouvait à travers une seule phrase de la Marche funèbre saisir le monde en son entier, comme si chaque instant de musique portait en lui la mémoire de toutes les partitions du passé, et l'intuition de celles du futur.

Son cœur se mit à battre très fort. Il eut envie de crier sa joie, dans un élan de tendresse il se leva alors que les autres étaient assis, il devait bouger, aller embrasser Thomas, le remercier, mais son voisin lui demanda ce qui lui prenait et Noé s'aperçut alors que tous les choristes l'observaient, comme s'ils attendaient de lui quelque déclaration scandaleuse.

Il ne dit rien et se dirigea vers la porte car soudain il avait envie d'aller aux toilettes, un besoin irrésistible, en vérité, de se décharger du bonheur qui l'envahissait, de faire exploser cette force nouvelle qui grandissait dans son ventre et de se laisser posséder, non plus par une voix, mais par le chœur, l'idée du chœur, cette multitude de sons qui s'entrecroisaient, cette multitude domptée.

Il entendit l'Albinos commenter son départ mais

n'y prêta aucune attention. Il ne vit pas que Raton se levait à son tour.

Dans le couloir, l'atmosphère était lourde, chargée d'une odeur de pourriture que ne masquait plus l'eau de Javel. Depuis l'accident de l'administratrice, personne n'avait passé la serpillière dans l'escalier. La porte des toilettes était ouverte, on ne savait pas où était la clef. Noé sentait ses veines tendues sous la peau lisse de son sexe et retrouvait avec ravissement l'énergie de ses premières dérives érotiques, celles des matins où fondaient sous sa langue les pilules homéopathiques de Yoghourt. Il se souvint du chocolat refroidi et de l'air désolé de Nouche, si ça ne tenait qu'à moi, avouait-elle, je te laisserais dormir toute la matinée ; furieusement il se travaillait de la main droite en pensant à ces quarts d'heure volés, de la main gauche il tenait la porte par le crochet, tout se déglingue dans ce presbytère, le crochet pas bien solide et ses vis qui louchent, enfoncées de travers, il se travaillait avec une bonne humeur enfantine, dénuée de tout sentiment de culpabilité, il se travaillait parce que la vie était belle, magnifique jusqu'au moment où quelqu'un lui demanda ce qu'il faisait enfermé dans les toilettes.

Noé pris de panique essaya de s'achever, il ne pouvait pas se ranger dans cet état, regagner sa place sans avoir ramené son outil à des proportions moins encombrantes. Il imagina le regard professionnel de son voisin moustachu, son sexe battant à travers le tissu, doigt pointé vers Thomas Morhange, le regard amusé de Nouche également, il serait bien obligé de passer devant elle, mais les forces lui manquaient, il n'arrivait pas à se lâcher et c'est la voix pâteuse de Raton qui s'éleva à nouveau. Noé une seconde dut abandonner le crochet pour tirer la chasse d'eau (faire du bruit, gagner du temps), mais l'administratrice secoua tant et si bien la poignée que la porte s'ouvrit avant qu'il ait pu la retenir. Déséquilibrée, Raton tomba à ses pieds, gros tas de laine surmonté d'un béret.

Un œil se dégagea alors qu'il remontait péniblement sa braguette, une bouche tordue, de haine, de douleur peut-être, Noé se sentit pâlir...

Il était tout mou soudain, il réintégrait son corps, ses vêtements tristes. Il aida Raton à se redresser. Elle se tapota, se papouilla, épousseta son pantalon marron, palpa coudes et poignets pour voir si rien n'était abîmé. Les cauchemars de Noé revinrent à la charge devant ce corps endolori. Seringues, odeurs d'alcool, clou de girofle, canine qui branle, main gantée du dentiste, caoutchouc transparent, protection, piqûre dans le palais, Tricoteuses et leurs seins rebondis, arrachement, Raton, punition...

« Qu'est-ce qu'il dirait, ton père, s'il apprenait ce que tu fabriques dans les waters du presbytère ? »

L'adolescent haussa les épaules. Elle n'osera rien raconter, pensa-t-il, où trouverait-elle les mots pour décrire son prétendu péché ? S'en taper une petite, s'astiquer, au rythme de la Marche funèbre peigner la girafe, non, jamais elle n'oserait parler de cela devant tout le monde, la déglinguée. Noé la suivrait jusqu'à la salle de répétition. Chacun regagnerait bien sagement sa place.

En effet, il la suivit. Mais au lieu de rejoindre sa chaise derrière le piano en contournant le chœur,

Raton alla se planter devant Thomas Morhange, au beau milieu de l'estrade.

Noé se faufila jusqu'aux ténors. Il était perdu.

Arrêté en plein geste, Thomas bredouilla quelques mots. Les choristes se turent un à un. La musique s'effilocha, bientôt ce fut le silence.

Raton se gorgea d'air. Elle voyait à sa gauche le spectre de l'ex-Tricoteuse, sa chaise vide et le souvenir de la capote en laine vierge, du caniche claquant des dents, des aiguilles cassées et de sa fiche déchirée. Derrière s'agitait la blanche Yoghourt, aussi dépourvue de malice qu'un moulin à légumes, oui, elle voyait bien la soprano qui ouvrait et refermait son sac pour se passer les nerfs, si elle croyait qu'elle n'avait pas remarqué son manège le jour de l'accident, cette mâchoire qui pendouillait derrière la porte vitrée de la cuisine, puis ce mouvement de fuite, à l'instant où tombait la vaisselle, couarde Yoghourt, reine du demi-sel et de la potée lorraine, si elle croyait !

Elle voyait l'Albinos piaffer au fond de la salle, ses cheveux en épis brûlés, la peau rosâtre de ses joues broutée par ces favoris qu'il s'acharnait à faire pousser.

Elle le voyait maintenant se pencher vers Médard, peut-être attendait-il quelque commentaire de sa part, mais l'administrateur tiendrait sa langue, il la laisserait parler d'abord, la laisserait dire pour mieux l'enfoncer, car comment clore le bec à quelqu'un qui n'a pas ouvert la bouche ?

Elle voyait la jeune soprano aux tresses blondes. Du coin de l'œil — elle en aurait donné sa tête à couper — Florence observait Noé. L'adolescent tournait les pages de sa partition comme s'il cherchait quelque chose. Il tournait les pages, le salopiot, avec ses mains qu'il n'avait même pas lavées.

Raton voyait enfin Jean au centre des basses. La narine palpitante, il retroussait ses manches, se grattait l'avant-bras avec son diapason, furieux d'avoir été interrompu en pleine Marche funèbre. D'un geste impatient, alors qu'elle le regardait, il lui fit signe de se pousser — mais comment le prendre au sérieux ? Le baryton-géologue, assis à ses côtés, bomba le torse, l'un comme l'autre étaient prêts à intervenir, prêts à attaquer, ils devaient croire qu'elle débloquait. Elle se mit à loucher.

Non, ils n'avaient pas rêvé, elle louchait ostensiblement. Et Jean pouvait croire ce qu'il voulait, puisqu'en fait c'était la seule chose qui le sauvait, ce brave homme, cette formidable crédulité.

Elle voyait Dialyse sauvée des eaux grâce à son rein de pendu, Dialyse la rescapée et ses acolytes turbulentes, la Bretonne et l'autre, plus rousse que Raspoutine, celle encore devant qui se déchaussait pendant les répétitions, un peu à l'écart la pianiste ; parmi les ténors, ces moustachus lécheurs de bottes, et tous les anonymes, en apparence, les subissants, ceux dont le chœur regorgeait, ceux qui se contentaient de suivre. Anonymes en apparence seulement, car elle possédait des renseignements sur chacun d'eux, des informations même sur leur vie privée, inscrits au dos de leur fiche (eh oui ! on ne se méfie jamais assez des petits rats), bientôt elle connaîtrait tous les dossiers par cœur et personne tant qu'elle vivrait ne pourrait plus toucher au corps des Célestins — corps chéri qui peu à peu se dissolvait dans le sien, quatre-vingts membres pour un seul cerveau, elle le voyait qui s'agitait à ses pieds.

Thomas, elle ne le voyait pas, mais elle l'entendait respirer derrière son dos.

Raton avança un bras. Dans la pose héroïque de ceux qui n'ont plus rien à perdre, chevaliers en armure sur leur monture de bronze, elle commença son discours.

« Parce que si vous imaginez que ça peut durer, dit-elle, vous vous trompez. »

Les choristes se regardèrent. Ils étaient bien d'accord, « ça » ne pouvait plus continuer et derrière ce petit mot à cédille se cristallisèrent toutes leurs impatiences. On se racla la gorge. Quelques chandails tombèrent, il faisait lourd. Raton attendit le silence absolu avant de poursuivre.

« Pur cabotinage », commenta l'Albinos à l'adresse de Médard.

Comme ce dernier ne répondait pas, le ténor ajouta : « Elle a de qui tenir ! »

Cette fois, l'administrateur sursauta. « Que voulez-vous insinuer ? » demanda-t-il.

Il s'épongea nerveusement le front. Lui, être comparé à cette loque dégénérée ?

Mais bien sûr, ils se ressemblaient, pourquoi se le cacher. Même crâne bosselé, avec ou sans cicatrice, avec ou sans pellicules, même besoin d'être entendu, coûte que coûte, mêmes machinations. Même secret surtout. Pauvre Petit Rat, se dit-il, petite sœur perdue, elle lui faisait de la peine, finalement.

De sa main libre d'effet, Raton tâtait maintenant sa hanche. Elle avait l'impression de s'être déplacé quelque chose en tombant devant les toilettes, tout ça à cause de ce morveux qui ne fermait pas sa porte. Elle reprit :

« C'est dégoûtant, quand j'y pense. Mais il suffit de crever l'abcès... »

Sa déclaration s'embourbait dans une articulation pâteuse, l'effet de l'alcool, ou des calmants que Médard lui donnait depuis son accident, la combinaison des deux probablement. On la sentait s'accrocher à ses phrases, péniblement.

« Crever l'abcès », elle enleva son béret, désigna ses cicatrices. Bientôt elle déclinerait le nombre et la répartition exacte de ses points de suture, ainsi que les conseils de l'interne qui l'avait recousue. Personne n'oserait l'interrompre. Nouche pensa à ces mendiants du métro, celui qui rampe dans la rame, ligne Balard-Créteil, celui qui montre son dos couvert de tatouages obscènes, sur les quais les femmes aux sacs débordants de papiers, et les spectacles de marionnettes, le rideau tendu entre deux barres, oui, Raton ressemblait à un de ces pantins chiffonnés.

Prise de pitié, Nouche se leva et avec une extrême délicatesse essaya de reconduire l'administratrice jusqu'à sa chaise, près du piano. Thomas se joignit à elle, tout aurait pu reprendre sa place si Médard n'avait pas insisté pour qu'on laissât parler son Petit Rat. Il se doutait qu'elle allait raconter quelque bêtise. Pour rien au monde il ne se serait privé de ce divertissement.

« Qu'elle dise ce qu'elle a à dire, trancha-t-il, est-ce une façon de traiter les gens ? »

Raton s'immobilisa. Avait-elle bien entendu ? Médard la défendait, en public, il lui accordait enfin sa confiance. Le voile se levait. Son visage jaune se liquéfia. Ses mains tombèrent mollement de chaque côté de son corps meurtri. Elle se sentait toute tendre, un peu désemparée, comme une vieille dame à qui on apprend la mort d'une ancienne rivale. Pourquoi, se demanda-t-elle, avoir perdu tant d'années à s'épuiser l'un contre l'autre ?

Sa vision se brouilla. Il aurait fallu ouvrir la fenêtre, mais les Tricoteuses auraient protesté, à cause des courants d'air. Il y avait trop de monde à surveiller, trop de poumons qui mangeaient l'oxygène. Il aurait fallu boire un verre. Une grande lassitude s'empara d'elle. Son dos se courba. Le temps rattrapait le Petit Rat.

Nouche et Thomas, impressionnés par ce changement d'attitude, la laissèrent repartir vers le centre de l'estrade. Légèrement vacillante, prête à se raccrocher à la cheminée, Raton fit un effort visible afin de surmonter son émotion : Médard l'écoutait, elle devait se montrer à la hauteur. Oui, il fallait profiter de cette occasion pour dire quelque chose qui leur couperait le souffle, quelque chose de renversant. Alors elle pourrait respirer à nouveau en toute liberté.

Thomas, mû par un étrange pressentiment, s'avança vers elle. Raton cracha à ses pieds. Cette fois elle parlerait. Pour qui se prenait-il, ce Thomas Morhange ? Qu'il réinventât l'histoire de sa famille, passe encore, mais avait-il le droit d'engager derrière lui quatre-vingts choristes consciencieux — et combien de futurs auditeurs qui boiraient ses mensonges comme du petit-lait ? N'était-ce pas pousser un peu loin la plaisanterie ? Non, Thomas ne la séduirait plus avec ses airs de biche innocente, il allait comprendre à l'instant qu'on ne jouait pas impunément avec la mémoire du monde. A l'instant même.

« Voilà ce que j'ai à dire, articula-t-elle. La Mort d'un Nénuphar n'est pas une œuvre d'Alkan. Son véritable auteur, vous le connaissez... »

Raton ne finit pas sa phrase car Thomas se jeta sur elle, comme pour la sauver d'un grand péril.

« Attention, s'écria-t-il, vous ne vous rendez pas compte ! »

Dans un premier temps, Raton se laissa faire. Puis réalisant qu'aucun danger réel ne la menaçait elle se mit à crier que Thomas Morhange avait composé la Marche funèbre, et comme Nouche la tirait de nouveau vers sa chaise elle hurla de plus belle, ce n'était pas une prostituée de son acabit qui allait l'empêcher de sortir les Célestins du mensonge, oui, une putain, elle pesait ses mots, avec sa mine de sainte nitouche et ses cheveux décoiffés, une putain, car que venait-elle faire chaque semaine dans les locaux de l'administration ?

Jean d'un bond se retrouva debout, rouge de colère, il remuait les bras en parlant très fort d'honneur bafoué et d'indécence. Les murs vibrèrent sous les accents pompeux de sa dignité offensée. Raspoutine sauta de son perchoir et alla se terrer sous l'armoire. Noé regardait tout cela d'un air mitigé, heureux d'avoir été oublié, et troublé par la façon dont on parlait de sa mère. Son père fendait maintenant les basses pour venir au secours de Nouche. Le ton de l'administratrice se fit suppliant, puis s'enflamma à nouveau, elle la réduirait en miettes, cette petite femelle aux lèvres peintes, elle briserait sa vie comme Médard avait brisé la sienne, juste pour le plaisir de les voir s'enfoncer, elle et son époux, dans les sables mouvants de leurs arrangements, s'enfoncer elle et son fils qui tout à l'heure, son fils qui se...

Jean la saisit par les épaules. Noé pâlit. Son voisin moustachu lui donna un coup de coude dans les côtes. Par bonheur, Raton changea de sujet, elle revint à Alkan, au Juif comme elle le surnommait, qui n'avait rien su écrire que des études injouables pour piano à pédalier, des variations pour quatre pieds, quoi qu'en dise Thomas Morhange, mais la vérité triompherait (Jean la retenait fermement contre lui), et jamais plus on ne lui couperait la parole.

Les choristes bouche bée assistaient au spectacle de sa déchéance. Seuls les Postiches, et l'Albinos au fond de la salle, trouvaient ça drôle. Leurs commentaires étaient désarmants de méchanceté.

« Des preuves, on veut des preuves ! » lança l'Albinos au comble de l'excitation. Médard fort embarrassé le tira par la manche et le pria de se tenir tranquille mais le ténor, pour une fois, ne lui obéit pas.

« Et alors quoi, dit-il, parodiant l'administrateur, est-ce une façon de traiter les gens ? »

La pianiste qui de loin suivait la scène se leva à son tour et s'approcha dans l'intention de calmer l'Albinos.

« Tu vois bien qu'elle est ivre, murmura-t-elle, comme s'il s'agissait d'un gros mot, qu'elle est ivre et malade... »

Son ami la prit par la taille. Il se sentait en verve.

« Ben oui, quoi, elle est bourrée, fanfaronna-t-il,

c'est pas un crime, tu peux le dire tout haut, on va pas te bouffer ! »

La pianiste lui expliqua encore qu'il ferait mieux de se taire, mais l'Albinos s'impatientait.

« Maintenant, c'est toi qui vas fermer ta gueule », grasseya-t-il en lui pinçant le ventre.

La pianiste serra les dents. Elle demanda immédiatement des excuses. Comme l'Albinos faisait semblant de ne pas entendre (« Des preuves ! » cria-t-il encore), elle se mit sur la pointe des pieds et, par surprise, lui assena une gifle. La marque de ses doigts se dessina sur la peau blanche.

« C'est fini entre nous », lâcha-t-elle avant qu'il ait pu réagir et elle alla se cacher parmi les sopranos. Dans le même mouvement, profitant du désarroi de l'Albinos, Médard réussit en un crochet du droit à le mettre par terre. Qu'avait-il besoin de preuves, cet idiot ?

Eberlué, le ténor se releva. Il ne savait pas se battre. Ses jambes tremblaient. Il se dirigea vers le couloir en se tenant la mâchoire. Avant de sortir, il appela son amie.

« Nous donnons notre démission », lança-t-il à la cantonade. Il tendit sa main ouverte en direction de la pianiste.

Elle ne bougea pas d'un centimètre. Seules ses pupilles se tournèrent vers Thomas Morhange, puis vers le tableau de la Madone et les cartons, en haut de l'armoire. Enfin elle se plongea dans sa partition. Son choix était fait.

L'Albinos claqua la porte derrière lui. Personne n'osa le retenir. Beaucoup en silence applaudirent son départ et sa rupture avec la pianiste.

Thomas, assisté de Jean, avait réussi à juguler l'hémorragie verbale de Raton en remplaçant entre ses doigts le béret par un verre de potion magique. Nouche à la vision de cette alliance avait cru bon d'aller s'asseoir. Les moustaches de Raspoutine apparurent dans le coin inférieur de l'armoire. Le chef reprenait ses esprits.

« Nous sommes au mois de mars, déclara-t-il, il ne nous reste plus que trois semaines avant la générale. Les affiches sont imprimées, le concert annoncé dans les journaux, dans quelques jours les billets seront mis en vente. Je ne tiens pas à perdre une minute de plus en vaines explications. »

Les Tricoteuses, en vraies professionnelles du chœur, ouvrirent sans broncher leur partition, la coincèrent entre leurs cuisses et se mirent à compter les mailles. Une vague de protestation agita le pupitre des ténors. Médard au fond de la salle s'apprêtait à intervenir.

« L'incident est clos », dit encore Thomas Morhange en fixant l'administrateur droit dans les yeux.

D'un pas ondulant, Médard quitta néanmoins son poste d'observation. « Parfaitement clos », confirma-t-il en arrivant à la hauteur du piano, et forçant Raton à avaler quelques comprimés qu'il sortit de sa poche, il présenta des excuses à tous ceux qui avaient pu être blessés par les propos incohérents de son Petit Rat.

« Propos que je récuse formellement, cela va de soi », conclut-il.

Raton rassembla ce qui lui restait de forces et

demanda à l'administrateur de jurer, puisqu'il semblait si sûr de lui, que Nouche ne venait pas lui rendre visite au presbytère. Les choristes commencèrent à douter. Et si la Marche funèbre, en effet, avait été composée par Thomas Morhange ? Et si la femme de Jean...

Médard se tourna vers la salle, leva la main gauche et prêta serment. On soupira, quand même.

Raton s'écroula sur sa chaise, elle sanglotait maintenant. Jean s'approcha alors de Médard et d'une voix ferme posa ses conditions. Il ne chanterait pas une note en présence de l'administratrice.

Nouche rougit. Elle avait honte. Le dernier rang des altos se leva, pour mieux voir. La narine frémissante (on pourrait écrire un livre entier sur la narine de Jean, disait Dialyse qui était légèrement amoureuse de lui), il conclut par ces mots classiques — et sans appel : « C'est elle, ou moi. » Déjà il retournait à sa place pour ranger ses affaires.

L'administrateur réfléchit un instant. Puis, rajustant sa pochette, il pria Raton de quitter les lieux.

Le Petit Rat n'était plus en état de protester. « La vérité, bégaya-t-elle, je n'ai dit que la stricte vérité », et les chanteurs se demandèrent comment on pouvait tomber si bas. Médard l'accompagna jusqu'à sa chambre. Raton se coucha. Elle trouva dans le tiroir de la table de nuit une boîte pleine de pilules de toutes les couleurs. Bien vite elle s'endormit.

Dans la salle de répétition, il y avait désormais cinq chaises vides, celles de l'ex-Tricoteuse, du ténor au caniche, de Médard, de l'Albinos et de Raton. Cinq chaises et le tabouret du piano, la pianiste étant debout à l'extrémité des sopranos, essayant vainement d'y placer sa voix un peu fausse.

Thomas Morhange avait repris les derniers exercices d'échauffement. Malgré l'apparente concentration des chanteurs, il sentait les vocalises se dérober sous ses mains. C'était affreux, cette impression de vide qui l'envahissait au début et à la fin des phrases musicales. Les notes arrivaient péniblement jusqu'à lui, pâles, anéanties. Thomas comprit qu'il ne pourrait faire l'économie d'une explication. Alors, très doucement, comme s'il parlait à des enfants traumatisés, il entreprit de reconquérir la confiance du chœur.

« Vous entendez ce silence, commença-t-il, émerveillé, vous l'entendez, n'est-ce pas ? »

Les choristes surpris tendirent l'oreille. Même les cliquetis des aiguilles s'étaient arrêtés. De temps à autre dans la rue passait une voiture. Du haut de son armoire, Raspoutine se mit à ronronner. Thomas le regarda en souriant.

« Alors, voyez-vous, poursuivit-il en baissant encore le ton, moi, les rumeurs, je leur fais plutôt confiance lorsqu'elles se propagent dans un climat aussi paisible que celui-ci. Mais les cris, les hurlements, non, ceux-là me rendent sourd, surtout aujourd'hui, à trois semaines du concert. »

Sous la dictée de son aïeul, Thomas jouait sa vie, et par bonheur les choristes le suivaient. Libérés de la présence des administrateurs, ils paraissaient même plus faciles à convaincre que d'habitude, moins raides, moins guindés. Pourtant, au dernier rang des altos, Thomas perçut une masse sombre, un groupe attentif, certes, mais qui ne se laissait pas bercer comme les autres. Là-bas aussi, chez les ténors, quelques moustaches tombaient sur des lèvres boudeuses.

« C'est eux qui ont raison, se dit Thomas, ils veulent savoir. » Ne se demandait-il pas lui-même ce que Nouche allait fabriquer dans les locaux de l'administration ? Il n'était pas jaloux, ah ! ça non, c'eût été parfaitement ridicule de sa part. Pas jaloux pour un sou, comment aurait-il pu se le permettre ? Pas jaloux mais enfin, pourquoi cette bouche peinte, ces cheveux décoiffés, plusieurs fois par semaine, dans le bureau de Médard ? Les choristes étaient en droit de se poser des questions. Restait à les persuader, se dit-il encore, qu'ils ne gagneraient rien à connaître l'auteur de la Marche funèbre. Raton n'avait pas tort, si on replaçait ses propos dans le contexte étroit d'une cage d'escalier, mais elle se trompait à l'échelle du chœur parce qu'elle-même vivait dans un monde où la musique n'avait pas sa place.

« Et de quoi parlons-nous ici, reprit Thomas, poursuivant tout haut le fil de ses pensées, si ce n'est de musique ? »

Dialyse et ses compagnes approuvèrent. Jean, voyant que le chef s'engageait sur un terrain qui ne le mettait plus en danger, se détendit. Au-dessus de la cheminée, le petit Jésus du tableau scrutait avec une curiosité inhabituelle le visage craquelé de sa mère. Peut-être est-ce la lumière, se dit Nouche qui pour la première fois remarquait le regard mutin de l'enfant.

« Et en musique, on ne parle pas de vérité, mais

d'interprétation. Entendez bien cela : une note n'est jamais vraie, elle est juste. »

Nouche posa ses mains sur son ventre et appuya.

« J'ai mis longtemps à comprendre la différence. Souvenez-vous, au début des répétitions, j'étais désespéré. J'ai même failli, je peux l'avouer maintenant, abandonner le projet. Je ne me sentais plus la force, plus le courage. Et pourquoi, me demanderez-vous, cette brutale désertion ? Eh bien tout simplement parce que le Nénuphar que j'avais dans la tête... »

Les choristes à ces mots frétillèrent de joie.

« La Marche funèbre dont j'avais rêvé, reprit-il, ne ressemblait en rien à celle que vous me donniez ici. Alors je vous faisais travailler dix fois la même ligne, et dix fois, quels que fussent vos progrès, j'étais déçu. Puis, soudain, les choses se sont arrangées. »

Nouche, pensa-t-il, les photos, Raspoutine sur son épaule, son corps nu parmi les coussins, l'escalier.

« Vous ne m'offriez toujours pas l'image sonore que j'attendais, non, mais mon esprit s'était habitué à vos couleurs, et de ce léger décalage entre ma vision et la réalité de vos voix est né un plaisir intense, un plaisir que jamais je n'avais éprouvé auparavant et qui jusqu'à ce jour m'a porté.

« Parfois, confia-t-il en s'assurant que Nouche l'écoutait, je vous entends chanter et le rouge me vient aux joues. J'ai envie de crier, c'est ridicule, j'ai l'impression que je ne vais pas réussir à contenir mon bonheur. Pourtant je vous interromps, je vous corrige comme si rien ne s'était passé... »

Le chœur se réchauffait au discours de Thomas.

« Ce plaisir est fragile, ajouta-t-il alors que les chanteurs s'accordaient au son du diapason. Il est fait, non de cachotteries ou de scandales, mais de secrets, de lourds secrets partagés. »

On ne pouvait être plus clair. La dernière vibration du *la* s'éteignit. Chacun se tenait prêt à démarrer. Seule Nouche, chère Nouche au premier rang, émue, fondante, cherchait encore sa page.

Après ce qui s'était passé à la répétition du jeudi, il semblait difficile d'arracher le combiné des mains de Jean, et malgré toute l'aversion que lui inspirait la conversation téléphonique dont elle était témoin, Nouche resta tranquillement assise sur l'extrême bord du lit conjugal : à défaut de pouvoir couper la communication elle se coupait les ongles. Jean enfin raccrocha.

« C'était encore Raton », bougonna-t-il. Nouche feignit la surprise (« Ah ! »). Un bout de corne sauta sur le coin opposé de la carpette. Jean bondit pour aller le ramasser. Avec application, il entreprit de lisser les franges du tapis. La misère qui inondait la commode perdait ses feuilles. Il en fit la remarque à sa femme. Elle leva à peine le nez et parla de cochenilles. Il se mit à dégager les tiges qui passaient sous le meuble.

« Tu ne t'occupes plus de tes plantes, insista-t-il, es-tu même au courant que le caoutchouc de ton fils est en train de mourir ?

— Notre fils, si ça ne te dérange pas », corrigea Nouche.

Jean reformula sa demande en accentuant lourdement l'adjectif possessif. Nouche savait. Le ficus n'avait pas résisté au marcottage de Noé. Peut-être avait-il creusé une entaille trop profonde dans la tige, peut-être aurait-il fallu moins l'arroser, et ne pas étouffer la plaie sous cette poudre à base d'hormones censées accélérer la croissance des nouvelles racines. Peut-être mais voilà, se disait Nouche, Jean avait raison, sa forêt déclinait, et comme par hasard toutes les pousses qu'elle avait transplantées chez Thomas Morhange se multipliaient à une allure surprenante.

Elle regarda son mari. Accroupi sous sa robe de chambre à poils beiges, cadeau inusable de sa marraine, il ressemblait à un gros chien qui fait ses besoins. Une fois de plus la sonnerie du téléphone retentit.

Nouche serra les dents. Alors que Jean se dirigeait à quatre pattes vers le combiné, elle l'attrapa par le bas de son pyjama.

« Ne réponds pas, dit-elle, je t'en supplie.

— Tu en as de bonnes, souffla-t-il, et s'il s'agissait des Sablières ? »

A sept heures du matin, un dimanche, les Sablières...

Nouche secoua ses boucles brunes. Comme elle ne lâchait pas prise, Jean enleva précipitamment la robe de chambre dont elle retenait la ceinture, s'extirpa de son pantalon et se jeta en travers du matelas afin d'atteindre l'appareil. Le sommier grinça. A voir sa mine, Jean s'attendait à quelque chose de très désagréable.

« C'est malin, murmura-t-il en décrochant, j'ai cassé mon élastique. »

Nouche abandonna ses ciseaux à ongles et alla

chercher du vernis dans la salle de bains. Jean savait ce qu'il allait entendre, la voix pâteuse de Raton, ses ragots acides, il savait que cela lui ferait mal, et pourtant il fonçait tête baissée vers l'ennemie, le postérieur à l'air, prêt à recevoir sa fessée. Nouche eut pitié et lui tendit une serviette-éponge. Il s'en couvrit pudiquement.

A l'autre bout du fil, Raton n'en finissait pas de se lamenter. Nouche l'imaginait dans cette pièce qu'elle connaissait trop bien, le bureau de Médard, accrochée au téléphone comme à une ronce, le nez morveux, son crâne bosselé caché par ce béret de laine qu'elle ne quittait plus, sa bouche fiévreuse plaquée sur la rondelle de bakélite. C'était son quatrième appel de la matinée. L'administrateur n'étant pas rentré de la nuit, le Petit Rat s'inquiétait. Oui, Médard avait disparu. Elle avait peur toute seule, il lui semblait que quelqu'un rôdait dans le presbytère, ses pas résonnaient de palier en palier ; parfois on frappait, elle n'osait pas sortir...

Jean lui conseillait d'appeler la police, si elle était sûre de ce qu'elle avançait, mais elle répondait qu'on ne pouvait être sûr de rien, Médard n'avait-il pas juré que Nouche ne lui rendait pas visite, bien entendu ça ne la regardait pas mais enfin, elle respectait Jean, reconnaissait en lui un interlocuteur franc et honnête, oui, elle le respectait et préférait qu'il fût prévenu. Alors Jean d'une voix ferme lui ordonnait de changer de sujet, mais Raton poursuivait dans la même veine — en vérité, il n'attendait que cela —, elle en rajoutait, les hommes tournent autour de Nouche comme des insectes attirés par la lumière, disait-elle, et lorsqu'elle sentait que Jean était à bout de nerfs elle revenait sur son propre cas, ou évoquait l'ingratitude des Célestins. Qui a établi les dossiers pour le ministère, elle s'excitait en énumérant ses victoires, qui a réussi à équilibrer le budget et qui a obtenu la retransmission du concert à la radio ? Ce n'était pas Médard, ah non ! Monsieur ne faisait qu'apposer sa signature au bas des lettres, mais pourquoi était-il parti, pourquoi ne rentrait-il pas ?

Chaque fois, Raton avait répété à peu près les mêmes choses et Jean, excédé, était resté suspendu à ses lèvres jusqu'à la dernière phrase, jusqu'au tout dernier mot, espérant tirer de cette logorrhée quelque précision sur les passages de Nouche dans les locaux de l'administration.

Sa femme lui avait affirmé après la répétition du jeudi que Raton nageait en plein délire et s'était moquée de son époux en lui demandant ce qu'il allait inventer. Jean, qui de ce côté-là manquait d'exercice, avait bafouillé que non, elle se trompait complètement, il n'avait rien imaginé, rien du tout.

Les doigts de pied en éventail, séparés les uns des autres par de petits cylindres de coton, Nouche attendait que sèche la deuxième couche de son vernis. Jean était encore au téléphone. « On ne leur coupe pas la parole, aux gens, c'est une question d'éducation », lui avait-il dit alors qu'elle s'impatientait.

Nouche partageait son avis, à une nuance près : Raton, selon elle, ne pouvait être classée dans la même catégorie que « les gens » auxquels son mari faisait référence. A leur image il est vrai l'administratrice avait été fabriquée, avec des bras, des jambes, des pommettes et des sourcils ; avec une bouche qui, quoique peu engageante, assurait indubitablement ses fonctions, un nez bien modelé et toutes ces autres choses indispensables à la survie, enfin son enveloppe respirait l'être humain, un être humain qui respirait mal — mais n'était-ce pas là le seul trait qui la rapprochait aujourd'hui du commun des mortels ?

Non, le Petit Rat n'appartenait plus à la famille « des gens », si tant est qu'elle y eût jamais appartenu. Peut-être son surnom avait-il déteint sur son esprit. Un esprit aussi borné que candide, pensa Nouche, dirigé entièrement vers un malheur dont aucun choriste ne connaissait le secret. Sa manière de subir les Célestins tout en se nourrissant de leur passé, sa façon d'ingurgiter les insultes de Médard, sa fierté, enfin, avaient de quoi fasciner, comme fascinent les sœurs siamoises et autres monstres frappés par quelque odieuse malédiction. Elle avalait des couleuvres ou crachait des vipères sans qu'aucune pudeur ne vienne gâcher le plaisir des spectateurs qui avaient payé pour être dégoûtés.

Et ce dimanche-là, malgré la répulsion que lui inspirait l'archiviste, Jean à l'égal de ces badauds de foire se laissait peu à peu séduire par le phénomène Raton. La liberté de son discours, ce sentiment de certitude qui se dégageait du fleuve de ses pensées l'éblouissaient. Qu'il eût été capable d'une telle détermination dans la gestion des Sablières (car le Petit Rat ne doutait de rien, elle était persuadée de détenir la vérité, ou mieux, de l'incarner), et son chiffre d'affaires s'envolait. Jean, ce roc, ce bastion, se donnait l'impression d'être bien mou comparé à l'administratrice. Il lui restait beaucoup de choses à apprendre.

A apprendre, et surtout à oublier : Nouche, ses absences (car si elle n'allait pas voir Médard, où passait-elle donc ses journées ?), les plantes qui se languissaient et les études de son fils qui battaient de l'aile. Non, si Jean restait suspendu au téléphone, ce n'était nullement par politesse.

La conversation s'éternisant, Nouche s'attaqua aux ongles de son pied gauche. Elle possédait ainsi une panoplie de menues occupations pour tuer le temps, épilations diverses, gommages, masques de beauté, enfin toutes sortes de prétextes qui lui permettaient de s'effacer lorsqu'elle s'ennuyait.

Intarissable, l'administratrice profitait de l'indulgence de Jean pour décliner sa vie. Cela devait lui arriver rarement de rencontrer quelqu'un d'aussi attentif. Que ce fût lui ou un autre, quelle importance ? Raton n'avait qu'une seule parole, Raton parlait, elle parlait sans s'arrêter, quoi qu'on en pense, et seule la mort aurait pu l'en empêcher.

« J'ai fait le sacrifice du bas, ânonnait-elle de sa même voix pâteuse, au bénéfice du haut. Au bénéfice des Célestins, faudrait-il dire, un jour ils me regretteront. Se souviendront-ils que c'est moi qui leur ai trouvé Thomas Morhange ? Notre perle, vous vous imaginez, notre héros, il lavait les poubelles du Conservatoire. Je l'ai sorti de sa loge, je les ai sortis, plutôt, lui et son Alkan, voilà une chose dont j'aurais pu m'abstenir... »

Alors le Petit Rat se lançait dans une célébration de l'abstinence (ainsi fonctionnait son délire, au mot par mot), louant ceux qui se dévouaient totalement à la cause de l'Histoire. Elle avait cru que Thomas était des leurs, il les avait trahis, sa Marche funèbre n'était qu'un pastiche, une illusion. Que voulait-il prouver en refusant de la signer de son propre nom ?

Et Raton de passer en revue sa cour des miracles. Si Thomas était un tricheur, l'Albinos une mauviette, la pianiste une crécelle, Yoghourt une toquée de la granule, les Tricoteuses toutes de mèche et Noé, Noé il n'y avait pas de mot, Nouche quant à elle faisait ni plus ni moins figure de blasphème. Dans ce monde claudicant, sa beauté était une insulte à l'équilibre collectif. Ces anneaux d'or qui pendaient à ses oreilles, son rire démoniaque, la longueur de ses jupes, sa façon de s'asseoir au premier rang, bien loin de Médard, afin que personne ne les soupçonne — mais pour qui la prenait-elle ? —, sa bouche peinte enfin, rien n'avait grâce aux yeux de Raton.

De la chambre de Noé s'élevèrent les premières mesures du Requiem de Fauré. Bientôt, les voisins du dessous frapperaient contre les canalisations du chauffage. Drôle de vie, se dit Nouche qui pensait aux rochers de son enfance. Elle prit sur la table de nuit une brochure qui traînait. L'illustration de la couverture représentait une immense étendue de sable blanc bordée de falaises. Un instant Nouche rêva que Jean lui préparait une surprise pour les vacances. Mais non. Il s'agissait du nouveau catalogue des Sablières.

Voilà ce que mon mari lit le soir avant de s'endormir, se dit encore Nouche, puis elle se pencha pour l'embrasser dans le cou en réalisant combien elle était injuste envers lui. Jean était le meilleur mari du monde.

« Va donc la voir au presbytère, chuchota-t-elle, conciliante, si tu veux je t'accompagne, ça la calmera. »

Jean lui fit signe de se taire. De toute évidence, il y avait du nouveau : Médard rentrait, Médard était enfin rentré. Nouche prit l'écouteur. Elle entendit des bruits de dispute, l'administrateur semblait-il essayait d'obliger Raton à se recoucher. « Il me déchire la fiche de l'Albinos, hurlait le Petit Rat en pleine crise, il me déchire Noé, écoutez-moi, il me déchire votre fils à cause des toilettes, maintenant ça va être votre tour, il en a tout un paquet dans la main, c'est votre fiche, je la reconnais... »

L'appareil dut tomber du bureau car la communication fut coupée dans un vacarme assourdissant. Jean éloigna le combiné de son oreille, le ramena lentement devant lui, gonfla les narines et le dévisagea d'un air dubitatif.

Le téléphone ne sonna plus de la matinée. Jean alla regarder si la prise n'avait pas été débranchée tant ce silence l'étonnait. Il ne quitta pas la maison sous prétexte de finir sa comptabilité. Nouche se plaignit qu'ils ne se promenaient jamais ensemble. Elle marcha jusque chez Thomas, mais n'osa pas monter. Que lui répondrait-elle s'il l'interrogeait au sujet de Médard ? Elle ne saurait pas lui mentir. Pourtant, ses visites au presbytère ne le regardaient pas, jamais personne ne devait savoir. C'était sa cuisine à elle, son tribut, sa résignation. Thomas ne comprendrait pas. Elle préféra lui glisser une lettre dans sa boîte, un petit mot vide, ou trop plein d'amour, qu'elle aspergea de parfum. Elle repartit sans lever les yeux vers les fenêtres du quatrième étage. Elle n'était pas trop fière d'elle-même.

En fin d'après-midi, alors que Noé revenait de la patinoire (là-bas, au moins, il y avait des filles en tutu et la musique était forte, on ne se sentait pas obligé de parler, on pouvait oublier, et les ragots de Raton à propos d'Alkan, et les soupçons qui pesaient sur Nouche), la famille se réunit dans la salle de bains pour travailler la Mort d'un Nénuphar. Ils avaient choisi cet endroit parce que c'était la pièce la mieux isolée de l'appartement, les voisins ne supportant pas le bruit. De plus, les sons y résonnaient comme dans une cathédrale, ce qui après l'acoustique austère de la salle de répétition faisait du bien.

Nouche oublia un instant les grimaces des gnomes et l'encre tremblée de son petit mot, c'était doux de se retrouver ainsi, malgré tout ce qui les séparait, de se réconcilier autour de la partition de Thomas Morhange. Ils imaginaient ses gestes, ses indications, et se sentaient unis par la même passion, c'est-à-dire la même douleur et le même privilège.

Longtemps ils firent durer le point d'orgue de la dernière mesure. Déjà ils imaginaient les réactions du public. « Il ne nous manque plus qu'une soprano, commenta Nouche qui jonglait entre les deux tessitures féminines, nous devrions inviter Florence la prochaine fois, à quatre voix on pourrait s'amuser ! »

« S'amuser, pensa Jean, en chantant une Marche funèbre ! »

Son enthousiasme retomba. Vraiment, sa femme

exagérait. Elle flottait en permanence sur un nuage de plumes d'oie — ce qui était tout à fait charmant pourvu qu'on ne fût pas allergique. Jean répliqua que ça ne valait peut-être pas la peine, à trois semaines du concert.

« Pourtant à nous quatre, s'exclama Noé, on n'aurait plus besoin de personne ! »

L'ambiance du chœur commençait à le fatiguer.

Il fut convenu que Nouche se chargerait de convier Florence à l'heure du thé, le dimanche suivant.

Pour le dîner, il y avait du curry d'agneau. La maison embaumait d'épices. Jean aimait bien les nourritures relevées, ça le changeait des béchamels et autres mièvres accommodements de ses menus d'affaires. Pourtant, ce soir-là, il ne toucha presque pas à son assiette. Bien qu'il eût assuré à sa femme que c'était son travail qui le préoccupait, et non comme elle l'affirmait les problèmes existentiels de Raton, il déclara en plein milieu du repas qu'il ferait volontiers un petit tour au presbytère avant de se coucher, juste pour s'assurer que tout était rentré dans l'ordre.

Nouche réussit à le convaincre de rester, et ce n'est que le lendemain matin, après une nuit de cauchemars, qu'il se résolut d'y aller. L'idée que sa fiche avait pu être déchirée le tourmentait. Il se leva sans bruit, s'habilla, et à tout hasard débrancha cette fois le téléphone afin que Nouche puisse tranquillement finir sa nuit.

Un œil se plaqua contre le judas. Jean prit son air de jeune premier, le corps légèrement de profil, la tête face à son observateur, le menton haut et la paupière lourde de conséquences. La cage d'escalier du presbytère sentait de plus en plus mauvais. Une odeur de viande en décomposition, semblait-il, et de salpêtre. La porte enfin s'ouvrit. Jean fut happé dans le vestibule. Deux verrous se refermèrent bruyamment derrière lui. Médard le tenait par le bras. D'un geste désolé il balaya l'espace.

« Vous allez m'aider, implora-t-il, vous m'aiderez, n'est-ce pas ? »

Le sol de l'antichambre était jonché de dossiers disloqués, d'affiches et de partitions déchirées. Sous la fenêtre, les thermomètres de l'administrateur avaient été piétinés. Sa collection de baromètres gisait parmi les débris de verre. Une des étagères était tombée en laissant sur le mur de larges saignées blanches. Seule la maisonnette restait suspendue, intacte en apparence, avec ses lutins ricanants qui, l'orage passé, admiraient encore les éclairs. Il y avait quelque chose d'oppressant dans cette immobilité.

Médard guettait d'un air anxieux la réponse de Jean. Lorsqu'il vit que son visiteur regardait l'hygromètre, il soupira. Cela correspondait tellement peu au comportement habituel de l'administrateur que Jean se retourna vers lui, comme si derrière le visage de Médard il s'attendait à surprendre quelqu'un d'autre. Mais non. L'homme dépenaillé qui s'approchait de la petite boîte était bien celui qui, depuis cinq années maintenant, aux Célestins, faisait la pluie et le beau temps. La pluie surtout.

« J'étais sûr que vous le remarqueriez, geignit Médard, ça saute aux yeux, n'est-ce pas ? » Du bout des ongles qu'il avait fort longs il se mit à caresser les nains.

« Ils sont morts, poursuivit-il, c'en est fini pour eux. Coincés, les rhumatisants... »

Dans un souffle se termina sa phrase. Une fine neige de pellicules tomba sur le toit de la maison.

« Elle m'a coupé le cheveu avec ses ciseaux de cuisine », avoua-t-il enfin, au comble de l'affliction.

Jean ignorait tout du fonctionnement de l'appareil. Une grande inquiétude s'empara de lui. « Coupé le cheveu », répéta-t-il pour gagner du temps. Enfin, ne notant dans la coiffure de l'administrateur aucun changement conséquent, il lui assura que Raton s'était bien débrouillée. Il pensait ainsi le conduire vers de meilleures dispositions, mais sa réflexion eut l'effet inverse. Médard se rembrunit.

« Vous êtes de son côté », lâcha-t-il en lui faisant sentir que finalement cette réaction ne l'étonnait guère de la part d'un individu aussi borné, et il commença à ramasser les partitions qui traînaient à ses pieds. Jean se pencha à son tour. Alors, dans une lueur d'espoir, Médard laissa tout retomber par terre.

« Vous devez me comprendre. Lorsque je suis rentré hier matin, expliqua-t-il, j'étais d'une humeur massacrante. Elle n'avait pas le droit de téléphoner en mon absence, elle n'aurait pas dû s'accrocher, je l'avais prévenue, il fallait qu'elle se repose, alors j'ai sectionné le câble, c'était pour son bien... »

Médard s'enflammait au souvenir de Raton. Jean se revit sur le lit conjugal, la veille, fixant le combiné comme si des petits trous de l'écouteur pouvait sortir autre chose que des sons, de la lumière peut-être, avait dit Nouche en riant, ou des asticots.

« Elle a fait semblant de se coucher, mais à peine avais-je le dos tourné qu'elle revenait dans l'entrée pour couper le cheveu de l'hygromètre, puis elle s'est enfermée à clef. Alors j'ai tout cassé, mes collections et ses archives, j'étais hors de moi, j'ai dû enfoncer sa porte, elle n'ouvrait pas... »

L'administrateur fut pris d'un tremblement convulsif. Ce qui avait suivi, il ne s'en vantait pas.

« Après je suis parti et je viens de rentrer, conclut-il, maintenant elle dort. »

Il fit un geste pour reboutonner sa chemise, puis abandonna. De sa toute-puissante autorité ne restait qu'un mouchoir jaune dont il se tamponnait les yeux, des yeux secs, brûlés par le manque de sommeil. Il sortit de sa poche un des gnomes, celui qui d'ordinaire occupait le fond de la maisonnette, celui qu'il avait montré à Nouche la première fois, et le serra contre son cœur.

« On ne peut pas laisser l'antichambre dans cet état, avec la répétition de ce soir, reprit-il, si Thomas

Morhange venait à monter, ou quelqu'un du ministère... »

Un pigeon se posa sur le rebord de la fenêtre. D'autres volaient lourdement autour de lui. A cette heure-ci, Raton leur donnait à manger. Elle aimait bien les pigeons, elle se sentait un peu comme eux, pas jolie, mais persévérante, et très robuste finalement. Il recommençait à pleuvoir. Bientôt les tuiles de l'église changeraient de couleur.

« Et puis la Raton ne supporterait pas, surtout en ce moment, mais elle ne s'apercevra de rien. On va tout remettre en ordre, et je dirai que l'étagère est tombée parce qu'elle était trop chargée, ce sera sa faute, vous m'aiderez, n'est-ce pas ? »

Jean acquiesça en pensant au choc que Thomas subirait s'il se trouvait confronté à un tel spectacle. Sans attendre, l'administrateur alla chercher dans un des placards du couloir une balayette et une pelle en fer-blanc. D'un geste décidé il les tendit à Jean. Pris de court, le président des Sablières s'en empara, et avec toute la dignité que lui conférait sa position sociale, se mit à faire le ménage.

De petites billes de mercure brillaient çà et là de leur éclat fuyant. Médard les regardait s'échapper sous les soies noires du balai. Il demanda à Jean si, désormais, il pourrait compter sur lui, et comme son interlocuteur restait muet (avait-il seulement entendu la question ?), il se décida à lui soumettre de plus amples explications. Un désir profond de se faire comprendre animait son discours.

Aucune trace de repentir ne semblait entacher sa conscience : il se défendait avec l'énergie d'un enfant victime d'une injustice. S'il réussissait à gagner l'amitié de Jean, pensait-il, alors nul doute que le chœur entier tomberait à ses pieds.

« C'est le lapin qui a commencé — sa voix retrouvait son assurance —, elle en flanquait partout, et pas seulement dans la cuisine, elle récupérait les os, cachait les têtes écorchées dans le réservoir des toilettes, elle ne voulait rien perdre du passé, rien jeter, c'était son obsession : tout conserver. Enrayer la fuite du temps, disait-elle, et sauver l'Histoire. »

Jean se souvenait des mots de Raton, au téléphone. Son cas était plus grave qu'il ne le soupçonnait.

« Le pire, poursuivit Médard, c'est que je vois clairement où elle veut en venir et je sais qu'elle se trompe de chemin. Car si quelque chose mérite d'être protégé, ce n'est pas ce temps-là, celui des métronomes, des pendules et des années qui passent, mais l'autre, le vrai. »

Médard se rengorgea.

« Le temps qu'il fait, expliqua-t-il, le temps dont on parle et qui change tous les jours, l'atmosphère, les dépressions, le réchauffement de la planète, ah oui ! Voilà qui mérite notre attention. »

Il désigna du doigt l'hygromètre.

« Mais non, reprit-il, cette idiote n'a jamais daigné m'écouter. Quand nous étions petits, c'était pareil. Bornée comme une taupe. Ah ça, pour m'adorer, elle m'adorait, de ce côté-là je n'ai pas eu à me plaindre, mais qu'est-ce que ça change, hein ? Elle ne m'a jamais cru. Jamais. »

Il s'approcha de Jean et du genou le bouscula. « Elle m'obéissait parce qu'elle m'aimait, j'étais de quatre ans son aîné, elle m'aimait la pauvre fille, rumina-t-il encore pour lui-même, mais au fond elle ne m'a jamais cru.

— Vous vous connaissez donc depuis l'enfance ? » demanda Jean, intrigué.

Médard éluda la question. « Le passé, tout ça, c'est vieux », répondit-il en époussetant sa veste noire constellée de pellicules, « et puis ce sont des curiosités comme la vôtre qui l'ont déglinguée, la Raton. Les souvenirs, le temps des montres, le temps de Thomas Morhange aussi, avec ses barres de mesure et ses envolées sur la musique éternelle — quoi de plus trompeur, entre nous, que la notion d'éternité ? »

Jean voulut protester mais l'administrateur enchaîna.

« A plus ou moins longue échéance tout est périssable et croyez-moi, c'est beaucoup mieux comme ça. Je dirais même que c'est la seule chose qui nous sauve. Que ferions-nous si nous n'étions pas persuadés qu'un jour nous allons mourir ? Il faut avancer, c'est la seule solution, sans regarder en arrière, si on ne veut pas pourrir sur pied. Prenez Raton... »

Médard marqua une pause. Le souvenir du visage déformé de son Petit Rat lorsqu'il avait défoncé la porte, la veille, le ramena à la réalité.

« Vous n'avez qu'à ouvrir le frigidaire, la leçon est radicale. Des dizaines de cœurs de lapin qui macèrent, pour après la Marche funèbre, elle veut en tirer du pâté, et les foies couverts de moisissures sur leurs assiettes de porcelaine blanche... »

Jean agitait sa balayette entre les pieds de l'administrateur. Médard ne bougea pas d'un centimètre. Il triomphait.

« La semaine dernière, poursuivit-il, elle a fait

disparaître toutes les corbeilles de la maison, tous les sacs-poubelle, de peur que je n'y jette quelque chose. Et vous auriez préféré que je la laisse continuer ? »

Médard se tut. Longtemps il resta immobile, planté au milieu de la pièce, bras ballants : il surveillait le travail de Jean. Parfois il se permettait une remarque. « Le bout de verre à droite, suggérait-il, dans le coin, et encore un autre sous la chaise. » Jean, en bon élève qu'il était, le remerciait. L'administrateur balbutiait quelques fausses excuses. Il en rajoutait. « Pauvre homme », pensait Jean, et celui qui hier faisait figure de monstre devenait aujourd'hui un objet de pitié. Jean se sentait lui-même en partie responsable de ce qui était arrivé. Raton l'avait prévenu, quatre fois elle avait téléphoné, quatre fois elle l'avait appelé au secours et lui s'était enfermé avec la comptabilité des Sablières. Pourquoi n'était-il pas venu au presbytère, comme Nouche le lui avait suggéré, dès le dimanche matin ?

Les partitions tant bien que mal reprirent leurs places sur les étagères qui avaient survécu au saccage de Médard. Jean rangeait maintenant les lettres dans un dossier consacré aux correspondances avec le ministère. La pluie avait cessé. Les pigeons attendaient toujours. L'administrateur s'était éclipsé.

Dans un sursaut de conscience, Jean abandonna son ménage. Une bouffée d'amour-propre s'empara de lui, ses narines se mirent à palpiter, il rougit jusqu'aux oreilles. Que faisait-il là, agenouillé comme un pénitent, à réparer les dégâts de ses ennemis ? Avait-il oublié les insinuations de Raton, le langage ordurier qu'elle avait employé en parlant de Nouche, avait-il oublié le cynisme de l'administrateur et sa façon répugnante d'évoquer l'aïeul de Thomas, ce juif qui avait poussé la plaisanterie jusqu'à se faire enterrer un 1er avril ? Devenait-il fou lui aussi, perdait-il la raison ?

Peu à peu, le charme se dissipait. A neuf heures tapantes commençait la réunion hebdomadaire des Sablières. Jean regarda sa montre. Il était dix heures passées. Sa secrétaire devait s'inquiéter. Nouche avait-elle rebranché le téléphone ?

Tout bien considéré, ce n'était pas si désagréable que cela d'échapper au siège directorial (des raisons indépendantes de ma volonté, un grave accident, je vous expliquerai plus tard) et pour la première fois depuis fort longtemps Jean éprouva ce petit pincement qu'il n'aurait pas qualifié de joie, ni de bonheur, mais de liberté. Malheureusement, cet état ne dura qu'une ou deux secondes. En se redressant, les bras chargés d'enveloppes et de cartes adressées aux Célestins, il sentit une violente douleur dans la main gauche.

« La punition », se dit-il immédiatement.

Une grosse écharde de bois était enfoncée dans sa paume. Par quel miracle ne s'en était-il pas aperçu plus tôt, cela resterait à jamais un mystère. Enfin il l'enleva du mieux qu'il put. C'est lui qui tremblait, à présent. Sa blessure lui faisait mal. Il appela Médard, il voulait s'en aller, mais personne ne répondit. Et puis avait-il vraiment envie de se dépêcher ? Non, rien ne pressait. Il se dirigea vers le couloir dans l'espoir de trouver un endroit où se laver les mains et brosser son pantalon qui, à se traîner dans la poussière de l'entrée, avait pris une drôle de couleur. Il était hors de question qu'il débarquât ainsi au bureau. Il imagina la tête de ses collaborateurs. Oui, lui, il les imagina. Tout seul, Jean se mit à rire.

La première pièce qui se présenta fut la cuisine. Il passa devant le frigidaire sans l'ouvrir, la description de Médard lui avait suffi. Il trouva facilement l'interrupteur qui, selon la tradition, était surmonté d'un thermomètre couronné de buis. Un néon blanc éclaira les murs tachés de graisse. Jean pensa tout de suite aux champignons sautés et au civet, ces odeurs délicieuses qui venaient chaque semaine chatouiller les narines des choristes pendant les répétitions. Qu'un tel délice olfactif puisse être concocté dans ce réduit puant donnait à méditer sur la nature du plaisir et les coulisses de sa création. Pour ponctuer ces réflexions, deux cafards tombèrent du plafond, juste devant lui, et se précipitèrent l'un derrière l'autre dans le four entrouvert. Jean s'avança. Sur l'égouttoir à vaisselle traînait un vieux cahier de recettes, cassé à la page du gibier. Une phrase était soulignée. Jean se pencha pour la déchiffrer.

« Le lapin demande à être écorché vif, lut-il à voix basse, mais le lièvre préfère attendre. »

C'était l'écriture de Médard. L'ambiguïté de la formule le fit frissonner. Il referma le cahier d'un geste sec et crut ainsi chasser l'image de l'animal dépouillé vivant, selon ses dernières volontés.

L'évier était encombré de verres et de peaux de citrons coupés en deux. La lame d'un couteau brillait au fond du bac. Sa paume saignait. Il renonça à l'idée de trouver une brosse, ou même un torchon afin de nettoyer son pantalon et, au point où il en était, s'essuya les mains avec un bout de sa chemise. Alors il entreprit d'explorer le reste de l'appartement, dans le but avoué de chercher la trousse à pharmacie du chœur — les Célestins ne se déplaçaient jamais en tournée sans cette mallette pleine de pommades et de sirops. Avec un peu de chance, il y resterait du mercurochrome de l'année passée et un pansement.

De l'autre côté du couloir, au fond, s'élevèrent quelques plaintes. Raton devait être réveillée. Jean s'aventura sur la pointe des pieds en direction du bruit. Il s'arrêta devant la chambre à coucher. Les rideaux étaient encore tirés, seule une loupiote bleue éclairait un paravent tapissé de calendriers des postes. De loin, l'objet ressemblait à un accordéon monumental recouvert de chocolats suisses, ceux avec les images de vaches grasses et de cimes enneigées. La porte pendait tristement sur le côté, à moitié arrachée de ses gonds. Jean repensa au coup de poing qui avait fait tomber l'Albinos, et lorsqu'il vit que Médard était assis sur le lit, lui tournant le dos, il se demanda comment, sans heurter ses sentiments, il pourrait signaler sa présence. D'autant que l'administrateur était plongé dans la contemplation de quelque chose qu'il tenait sur ses genoux, quelque chose de rond, d'assez volumineux, que Jean n'arrivait pas à identifier. Frapper à la porte était hors de question, elle aurait pu se décrocher et lui tomber sur le crâne. L'appeler de nouveau semblait la meilleure solution. Pourtant, il n'en fit rien : avec la franche impression de contrevenir aux règles les plus élémentaires du savoir-vivre, Jean ne pouvait se résoudre à interrompre les gazouillements de Médard.

Car Médard babillait à présent, ou peut-être se lamentait-il encore. D'avant en arrière il se balançait, la nuque raide mais le buste languissant, « il a le front tout mouillé mon petit lapin, murmurait-il — et il répétait comme pour endormir un nourrisson les mêmes mots —, tout mouillé le Petit Rat, toute mouillée la petite sœur, on va lui changer ses couches et elle n'aura plus froid, il ne faut pas se laisser aller, sinon ça ne vaut pas la peine, hein, pas la peine, il ne faut pas pleurer non plus, maman n'aurait pas aimé qu'elle pleure, sa taupinette, est-ce que je pleure, moi ? »

Les yeux de Jean s'habituaient peu à peu à la pénombre. Il distinguait maintenant les autres meubles de la chambre, une armoire à glace dont le miroir était à moitié cassé, un énorme poste à galène sur lequel était posée une ligne parfaite de bibelots, beaucoup de vierges en prière, de celles qui changent de couleur selon le temps, des oiseaux, et dans le coin opposé une bibliothèque chargée de livres. « Ma petite sœur, nous sommes quittes, ma petite chérie », entendit-il encore et la tendresse qu'il sentit dans la voix de Médard aurait pu le rassurer si quelque intuition sordide n'avait poussé Jean à intervenir.

« S'il vous plaît, demanda-t-il beaucoup trop fort, auriez-vous l'amabilité de me donner la trousse à pharmacie ? »

Médard se leva d'un bond. L'objet qu'il berçait sur ses genoux roula par terre. Un corps emmailloté suivit. Le paquet s'effondra sur le sol avec un bruit mat. Jean se précipita dans la chambre. Alors qu'il tirait les rideaux, Médard soulevait la masse molle dans ses bras et, telle une mariée, la reposa délicatement sur le lit.

Jean fut pris de crampes d'estomac. Médard pinçait maintenant les joues de Raton, oui, c'était bien Raton, la petite sœur inerte, abandonnée comme un pantin de chiffon, il les claquait, des tapes sèches du bout des doigts qui ramenèrent un semblant de couleur à sa peau cireuse. Le béret avait glissé dans la chute. Son crâne était barbouillé de sang séché.

En se tenant le ventre, Jean s'éloigna. « Mais voyons, aidez-moi, hurlait Médard, ce que vous êtes empoté, aidez-moi à la ranimer, ne voyez-vous pas qu'elle a perdu connaissance ? »

Mais la connaissance, c'est tout ce qui la gardait en vie, la Raton, cette mémoire qu'elle cultivait à outrance, nom, prénom, date de naissance, passant des nuits entières à étudier l'anatomie du chœur. Sans connaissance, non, Jean l'avait compris bien avant que n'arrivât le médecin, elle n'existait plus. Les pompiers ne voulurent même pas de cette chose vide qui gisait parmi les couvertures.

On appela la police. On ordonna l'autopsie.

Alcool, aspirine, poudre insecticide, neuroleptiques : ce jour-là, le Petit Rat n'avait pas lésiné. Médard faillit assommer tout le monde, puis se calma. Il fut transporté de son plein gré à Sainte-Anne. Jean l'accompagna. Pendant tout le trajet en ambulance, l'administrateur l'accusa d'avoir tué Raton en la faisant renvoyer de la répétition du lundi. Le pauvre Rat était fragile, la petite frileuse, elle était blessée, il en avait plein la bouche de son

Raton adoré et Jean d'un air penché écoutait ses litanies. Il ne disait rien.

Médard alors aiguisa ses propos, la gentillesse de son interlocuteur était crispante, ses hochements de curé, dans son emportement il faillit révéler que Raton n'avait pas menti, jamais menti de sa vie, que lui, Médard, recevait effectivement la visite de Nouche plusieurs fois par mois, si ce n'est par semaine, et que là, diable, il s'en passait de belles, mais les perspectives d'un nouveau chantage l'obligèrent à ravaler ses mots. Quelques minutes encore il réussit à réprimer ses aveux puis, n'y tenant plus, il lui déclara que sa femme le trompait avec Thomas Morhange.

Dans un hurlement de sirène, Jean vit son existence s'effriter. Son regard se figea. Il ne posa aucune question à l'administrateur, se demandant simplement s'il n'allait pas lui aussi se faire interner. Oui, c'était la meilleure solution à moins de trois semaines du concert, disparaître dans un lit pour n'embêter personne et attendre, ne plus sentir, dormir, ne pas savoir, déjà ils arrivaient devant l'hôpital, et ce n'est qu'au moment de remplir les formalités d'admission que Jean dut renoncer à son projet : alors qu'il s'apprêtait à exposer sa requête, il s'aperçut en effet qu'il n'avait plus de voix.

En vain il se racla la gorge. Il avait beau chasser l'air hors de ses poumons et remuer les lèvres, rien ne sortait. Il chercha des yeux une feuille vierge, mais comment expliquer, par écrit, Nouche, Thomas Morhange, la Mort d'un Nénuphar, si on devait prendre en charge, se disait-il, tous les maris trompés, le monde entier deviendrait un établissement sanitaire, et peut-être l'est-il déjà, pensa-t-il encore en s'essuyant mécaniquement le front, une vaste clinique au bord de la faillite avec ses couloirs dorés et ses caves sordides, ses mouroirs, ses squares, ses passages protégés, ses tas de sable et ses chorales. Il relâcha l'étreinte de sa cravate. L'infirmière compatissante lui suggéra d'aller boire un bon grog avec du miel. Jean revit en un éclair la thermos de Raton, brillant à côté du piano, les peaux de citrons dans l'évier, et secoua vigoureusement la tête. « L'émotion, ajouta-t-elle, ça vous tombe sur les cordes vocales, c'est moins grave qu'un ulcère mais évidemment on ne peut pas comparer, le patient est quelqu'un de votre famille ? »

Elle désigna Médard de son menton boutonneux. Jean n'écoutait pas. Il sortit un stylo et commença à griffonner quelque chose sur le coin d'un formulaire, quelque chose que personne ne lut jamais car l'administrateur le bouscula et, prenant sa place devant le papier, déclina froidement son identité.

Jean hébété le laissa faire. Peu de temps après, il verrait Médard s'éloigner, confortablement sanglé sur une chaise roulante que poussait une ravissante jeune femme en blouse blanche. Une dernière fois avant de disparaître dans l'ascenseur, l'administrateur se retournerait. Il sourirait et agiterait ses doigts légèrement en signe d'adieu.

Jean, assis sur la banquette orange de la salle d'attente, fondit en larmes. Personne ne fit attention à lui.

Lorsqu'il regagna enfin sa maison, Jean trouva Nouche et Noé qui l'attendaient pour partir à Saint-

Léonard. Ils connaissaient déjà l'histoire de Raton par Thomas Morhange, que la police avait aussitôt prévenu et interrogé. Toujours incapable de parler, Jean pria sa femme par écrit de l'excuser auprès du chœur. Non, il ne tenait pas à assister aux dernières répétitions. Il alla chercher une pince à épiler dans la salle de bains et enleva le bout d'écharde qui était resté enfoncé dans sa paume. Nouche l'aida en silence.

Ainsi, sans esclandre, avec cette triste discrétion des hommes bons, dans une odeur de pomme et de désinfectant, Jean réalisa qu'à son tour il quitterait les Célestins. Jamais plus il ne pourrait supporter de chanter sous la direction de Thomas Morhange.

Muet il s'esquiva lorsque sa femme voulut l'embrasser. Elle lui proposa de rester. Jean l'en dissuada en montrant la pile de dossiers qui l'attendait sur la table. Nouche rassurée lui répondit qu'il serait toujours le même et mit sur le compte de la fatigue ce regard désespéré qu'il lui adressa juste au moment où elle refermait la porte.

Jean comprenait, oui, il ne comprenait que trop bien, il n'en voulait même pas à Thomas, car comment résister au charme de Nouche ? Ne formaient-ils pas un couple délicieux ? La jeunesse de l'un et la flamme de l'autre, leurs corps souples enlacés, ces mots d'amour qui ne finissent pas de se dire, en cachette, caresses furtives, baisers suggérés... Seul dans sa chambre, Jean pleura encore en les imaginant ensemble. Puis il se souvint que le lendemain venait aux Sablières un nouveau client et il essaya de se concentrer sur la préparation de cet important rendez-vous.

Avec ou sans voix il devrait, sinon faire face, du moins faire semblant. Cette idée le révoltait. Il se dégoûtait. Thomas, lui, savait aller jusqu'au bout de ses rêves. Thomas, ce traître, comme il l'enviait, oui, il avait toujours admiré sa grâce, son talent, Nouche avait raison de le préférer, il ne lui arrivait pas à la cheville malgré sa tête bien rangée et cette honnêteté qu'il portait à la boutonnière, gri-gri dérisoire d'une vie sans relief où seule la musique dépassait quelque peu (et là encore il y avait des grilles, des clefs, une armure et des soupirs derrière lesquels se protéger).

Jean pensait, pensait, puis il ne pensa plus. Lorsque sa femme et son fils revinrent du presbytère, ils le trouvèrent endormi dans son bureau. Nouche se moqua gentiment de lui. Jean se laissa embrasser cette fois, il n'avait pas le courage de refuser ce dont il avait tant besoin, être consolé, aimé par celle-là même qui provoquait son chagrin. Il remercia le ciel de ne pas être en mesure de répondre à ses questions. Jean ne voulait ni aveux déchirants ni vaines condamnations, il préférait maintenir le statu quo le plus longtemps possible, et tout le monde semblait disposé à entrer dans son jeu. La brave Yoghourt, apprenant qu'il était aphone, lui faisait porter des remèdes homéopathiques. Nouche sortit de son sac le tube bleu, demanda à son mari de tirer la langue et y déposa trois minuscules billes blanches. « Tu verras, dit Noé, c'est hallucinant ! »

Alors que fondaient les granules, il lui tint compagnie. Son voisin moustachu avait parlé de piqûres à la cortisone. L'adolescent plaignit son père plus que de raison, il le voyait s'enfler, gonfler comme un ballon en baudruche sous l'effet du médicament et éclater au beau milieu de l'église. Il pensait à la seringue du dentiste, aux lunettes souillées de son assistante, et pour chasser tout cela se plongea dans le récit détaillé de la répétition.

Malgré le décès de Raton, annoncé par la pianiste, Thomas Morhange avait tenu à ce que l'on poursuivît le travail. Après un discours maladroit et une minute de recueillement, le chœur cahin-caha s'était mis en branle. A la pause enfin, les langues s'étaient déliées. Le bruit courut que l'administratrice s'était suicidée en ingurgitant de la mort-aux-rats. « Des grains empoisonnés, murmurait-on, avalés tout rond à grand renfort de potion magique. » Beaucoup de choristes se laissèrent séduire par cette odieuse rumeur. Lorsque la pianiste rapporta que, d'après la police, Raton n'était ni l'épouse de Médard ni sa compagne, mais sa sœur cadette — « Oui, ça ne s'invente pas, disait-elle, sa propre sœur » —, on la pria de garder ses plaisanteries pour un autre moment. Seule Nouche la crut, comprenant enfin pourquoi, sans être mariés, les administrateurs portaient le même nom de famille. La pianiste vexée se replia au fond de la salle et ne prononça plus un mot de la soirée. Nouche même ne prit pas sa défense car personne ne l'aurait écoutée, les choristes la fuyant aussi ouvertement qu'une pestiférée depuis que l'archiviste l'avait accusée de rencontrer Médard en cachette. Il y avait là une liaison dont l'évocation seule, disait le baryton, suffisait à vous rendre malade. Pauvre Jean, murmurait-on. Nouche donc, n'osant pas rejoindre Thomas dans le couloir, retourna s'asseoir à sa place et profita d'une légère fissure au bout de l'ongle de son index pour faire sauter, millimètre par millimètre, les deux couches de vernis qui le recouvraient. Elle se demanda qui, en l'absence des Médard, annoncerait la reprise du travail.

La pause lui parut interminable. Yoghourt passa devant sa chaise, en fit le tour, repassa. Enfin elle se décida à lui donner les médicaments pour son mari.

Les Postiches parlaient du sacrifice de Raton, les Tricoteuses de son châtiment, enfin chacun y allait de son couplet sur le destin tragique de l'administratrice. « On nage en plein mélodrame ! » répétait Dialyse en papillonnant d'un groupe à l'autre. Les Célestins au fond d'eux-mêmes (mais comment formuler une idée aussi mesquine ?) reprochaient à Raton d'être partie en laissant derrière elle l'image d'un martyr, témoin persécuté qui, au prix de son sang, aurait défendu jusqu'au bout l'intégrité du chœur. Elle leur échappait au moment où enfin ils pensaient la tenir et se voyaient privés du plaisir de la juger, de la faire payer — ou de la convertir, ce qui revenait à peu près au même. Restait de cette longue agonie un goût amer, fait de consternation plus que de douleur, de culpabilité et du sentiment diffus d'une terrible méprise.

L'absence de Médard, elle aussi, fut commentée abondamment, enfin on dépensa beaucoup de salive mais l'unique sujet qui aurait mérité d'être débattu demeura sous silence : on voulut oublier que la Marche funèbre n'était peut-être pas une œuvre d'Alkan.

Nouche s'en étonna et le dit à son fils. Noé la dévisagea d'un air méfiant, puis lui tourna le dos sans répondre. Comme ces enfants qui s'obstinent à écrire au Père Noël tout en remettant la lettre à leurs parents, les Célestins n'étaient pas prêts à accepter un autre nom que celui inscrit sur la couverture cartonnée de leur partition. Le chef eût-il reconnu haut et fort son imposture qu'on ne l'aurait pas entendu.

Stupidité ou suprême intelligence ? Thomas préférait croire que son chœur était parfaitement conscient de ce qu'il faisait. L'apparente surdité des chanteurs n'était qu'une façon discrète de lui signaler qu'ils tenaient à garder le secret. Pourquoi détruire sept mois de répétitions, et combien d'années de travail, alors qu'il était si facile de se taire ? Ainsi pensait Thomas Morhange qui, à mesure que le concert approchait, vouait aux Célestins une admiration grandissante. Il y avait du génie dans leur manière de se supporter, de la générosité surtout et de l'humilité dans cette volonté d'épouser la cause d'Alkan, de se mettre à son service sans rien attendre en échange, si ce n'est, peut-être, quelques instants de bonheur ou de beauté partagée. Les choristes savent, se disait Thomas en faisant les cent pas dans le couloir du presbytère, ils savent et me font confiance. Plus que jamais, il les aimait.

Depuis longtemps les granules de Yoghourt avaient fondu, et Noé racontait encore comment les basses semblaient perdues en l'absence de Jean. Même Thomas qui n'avait pas haussé le ton une seule fois de la soirée avait failli se fâcher en les écoutant. Les ténors, en revanche, se passaient fort bien de l'Albinos. Les femmes quant à elles avaient remporté tous les compliments.

« C'est pour ça, papa, conclut Noé, qu'il faut que tu te dépêches de guérir ! »

L'adolescent se montrait toujours d'une extrême gentillesse avec son père lorsque celui-ci tombait malade. Alors seulement il s'autorisait à lui manifester son affection. Il y avait dans ces failles passagères quelque chose qui le réconfortait sur son propre sort. Que Jean fût abattu après la journée qu'il venait de vivre lui paraissait bien normal, expliqua-t-il à sa mère avant de se coucher. Nouche à son tour avait besoin d'être rassurée. Elle se plaignait de nausées et au milieu d'une vocalise avait dû s'asseoir tant la tête lui tournait.

En fait de guérison, Jean se débrouilla pour cultiver son extinction de voix jusqu'à la veille du concert. Un masochisme de belle envergure le soutenait dans cette épreuve. Avec l'aide de la pianiste, il organisa de loin l'enterrement de Raton, tandis que le baryton-géologue prenait finalement en charge les affaires du chœur.

Médard, plongé dans un sommeil narcotique, n'apparut pas au cimetière. Son état s'était considérablement dégradé depuis son hospitalisation à Sainte-Anne. En rangs serrés un petit groupe de choristes fit acte de présence. L'Albinos, plus albinos que jamais dans son costume noir, jeta sur le cercueil la première poignée de terre. Il espérait en cette funeste occasion se réconcilier avec la pianiste, mais comme elle ne venait pas il se promena longtemps entre les tombes. Il se surprit à chanter quelques notes de la Marche funèbre et serra les poings. « Un bon gros drame, pensa-t-il avec amertume, rien de tel pour tisser des liens éternels. »

L'Albinos rentra chez lui à pied. Sur les murs de Paris fleurissaient les affiches annonçant le concert. On les remarquait à cause même de leur sobriété et nombreux furent les spectateurs qui achetèrent leurs billets à l'avance.

Rassuré et ému, le chœur accomplissait des miracles. A ce stade de la création, chacun avait trouvé sa place dans le cortège de la Marche funèbre. Et le départ de l'Albinos, et la mort de Raton, et l'internement de l'administrateur et même — dans une moindre mesure — la quarantaine de Nouche ainsi que l'éclipse de son mari, enfin tous ces bouleversements conféraient à l'œuvre une gravité qui jusque-là paraissait un peu artificielle.

Thomas lui-même avait changé. Son visage vibrait au moindre son, ses gestes devenaient de plus en plus précis, il ne parlait qu'en dernier recours, de petites phrases sèches qui faisaient battre le cœur. Les choristes à volonté se pliaient, même si parfois ils se plaignaient de la violence de leur chef. Il n'était plus question de séduction. Certains commençaient à sentir les premiers effets du trac. Nouche pleurait souvent. Raspoutine avait quitté le haut de son armoire et élu domicile sur le tabouret du piano. En rond il dormait, très tranquillement. Il y eut encore un lundi, puis un jeudi, enfin la séance du lundi suivant commença et personne ne comprit comment était passé le temps. Déjà il fallait recouvrir sa partition et sortir des placards les habits de concert. Jean dirigea sans broncher la dernière répétition familiale du dimanche après-midi, assis sur le bidet, et sourit plusieurs fois en observant la petite Florence. Elle chantait d'une façon exquise. Nouche accueillit chacun de ces signes comme un cadeau. Elle supportait très mal le silence de son mari. Depuis l'enterrement de Raton, elle n'avait pas été voir Thomas. Il lui manquait — peut-être était-ce pour cela qu'elle s'évanouissait si souvent. Pour faire plaisir à Jean, elle avait quand même pris rendez-vous chez le médecin. Noé l'avait accompagnée. L'adolescent heureusement ne semblait pas souffrir de cette situation. Emoustillé par la présence de la jeune soprano, en ce dernier dimanche avant le concert d'avril, il s'amusait à imiter la voix de son père. A la surprise de Nouche, la ressemblance de timbre était frappante. En outre, il connaissait sur le bout des doigts les passages les plus difficiles. « A croire que tu les as travaillés en cachette ! » s'exclama-t-elle.

Noé lui répondit en chantant. On s'extasia. Jean même, reconnaissant enfin en son fils le successeur dont il avait rêvé, le félicita. Florence, tout en tortillant ses tresses blondes, lui suggéra de rejoindre les basses, qui se remettaient difficilement de l'absence de Jean. Noé, enthousiasmé par cette idée, passa la semaine à sortir de son corps fragile des notes larges et ronflantes au grand bonheur de ses proches. Il y avait un tel décalage entre l'image et le son que Florence écarquillait les yeux et applaudissait chaque fois que l'adolescent descendait ses gammes. Noé se souvint du temps où il chantait avec les sopranos.

Trois jours avant le concert, Nouche reçut le résultat des analyses que lui avait prescrites le médecin. Ses taux de fer et de magnésium étaient normaux, sa vitesse de sédimentation correcte, elle n'avait ni infection ni hépatite virale, non, Nouche n'était pas malade : elle attendait un enfant.

Certaines œuvres passent avec le temps alors que d'autres se révèlent. Après une éclipse de deux ans, la Marche funèbre connut une fortune imprévue. Certes, elle avait remporté lors de sa création parisienne un joli succès, le public s'était extasié, la critique avait été unanime, on découvrait un compositeur de génie, servi par une interprétation magistrale, amateurs et professionnels semblaient également ravis et, tandis qu'à pas pressés ils s'en retournaient vers les valeurs sûres, à pas pressés et en parlant très vite ils perdirent la saveur du concert pour n'en garder que les relents. A cette symphonie de louanges, en effet, succéda une bien triste polémique orchestrée par un de ces messieurs que Médard avait alertés alors qu'il occupait encore le bureau des Célestins.

Tout en soulignant son ouverture d'esprit, et sans avoir assisté à la soirée, ce monsieur donc s'indigna du fait que l'on ait choisi une église pour commémorer la disparition d'un individu imprégné de culture hébraïque. Il rappela que Charles-Valentin Morhange, dit Alkan, était mort écrasé sous les livres de sa bibliothèque en voulant attraper un volume du Talmud.

Aurait-il contracté la petite vérole que l'auteur n'eût pas évoqué cet épisode avec plus de componction. En d'autres termes, le musicien l'avait bien cherché.

Ici et là fut repris ce propos et de doute en doute naquit l'horrible certitude : Saint-Léonard avait été victime sinon d'un viol, du moins d'une regrettable profanation. C'était enfreindre les lois élémentaires de la tolérance que de s'introduire ainsi dans le territoire de l'autre, en public et sans précaution.

Les Célestins tombèrent des nues et, ce printemps-là plus que les années précédentes, ils eurent beaucoup de peine à accepter l'idée que les répétitions se terminaient. Le travail ne reprendrait seulement que trois semaines avant la tournée, si tournée il y avait malgré le désordre qui régnait dans les locaux de l'administration. En attendant, chacun dans son coin subissait le contrecoup du concert. On laissait dire, ils se calmeraient bien. Une lettre de Dialyse, publiée dans le courrier des lecteurs d'un quotidien sous le titre : « Le nénuphar d'Alkan était-il juif ? » remit tout de même les choses en place avec un humour qui ranima les esprits. Les langues se délièrent, Jean retrouva sa voix et le chemin des Sablières, Nouche par bribes avouait. On parla de tout, sauf de musique. Thomas était désespéré : un siècle après l'enterrement de son ancêtre, rien n'avait changé. Les partitions restaient entassées dans leurs malles poussiéreuses. Il avait échoué. Sa carrière seule — et Dieu sait s'il s'en moquait — avait profité de ce feu de paille. Présenté comme un chef hors pair, à la fois solide et audacieux, il fit l'objet de nombreuses sollicitations de la part de chœurs étrangers. La paroisse alertée lui fit comprendre qu'elle ne serait pas fâchée de le voir disparaître. Pour de multiples raisons, Thomas refusa de quitter Paris. L'une d'entre elles, et non des moindres, fut la naissance d'un petit garçon, frère de Noé, fils de Nouche, que l'on baptisa Valentin et dont il devint officiellement le parrain.

Il fallut attendre deux années pleines, et la programmation du concert de Saint-Léonard à la radio, avant que le nom d'Alkan s'inscrive de façon durable dans les mémoires — cela curieusement grâce à l'intervention de l'ancien administrateur des Célestins.

Depuis qu'il avait quitté l'hôpital Sainte-Anne, Médard coulait des heures paisibles dans une maison de repos avec vue sur la Marne, une maison tenue par des petites sœurs. Lorsqu'il apprit que la Marche funèbre allait être retransmise, il se piqua d'écrire aux journalistes — ceux qui hier s'étaient extasiés — pour leur signaler qu'ils avaient été victimes d'une mauvaise plaisanterie. Il leur suggéra d'aller jeter un œil sur la partition d'Alkan, ce qu'ils firent, et Thomas inquiété ne possédant de la propre main de son aïeul qu'un poème bancal, un titre et quelques intuitions aussi admirables qu'illisibles fut obligé de déclarer forfait. Bien qu'il s'en défendît, les musicologues lui attribuèrent aussitôt la paternité de l'œuvre. Thomas protesta encore. Son obstination les blessa, ils s'indignèrent, ne trouvant plus ça drôle du tout, et d'ailleurs ils avaient raison : même si elle avait été créée un 1er avril, la Mort d'un Nénuphar n'avait rien d'une œuvre comique. C'est ce que leur expliqua Thomas Morhange avec la simplicité qui le caractérisait, il ne voulait surtout pas être reconnu en tant que compositeur, refusait toujours de poser pour les photographes, sa seule et unique ambition étant de révéler au public l'existence d'un talent injustement écarté.

Et de les inviter chez lui un par un, et d'ouvrir les malles sous le regard inquiet de Raspoutine, et d'étaler sur le parquet des mètres de partitions, originales celles-là, dans le double sens du mot, les préludes pour piano de son enfance, la grande sonate, enfin cet héritage qu'il ne demandait qu'à partager. Il sortait l'Allegro Barbaro, en *fa* majeur avec un *si* naturel, composé bien avant celui de Bartók, puis déroulait les chiffres, soixante-seize pièces avec numéro d'opus et seize sans numéro — et il pointait encore, parmi les notes empilées, une seconde mineure audacieuse.

Les visiteurs en se frottant le menton répondaient qu'il était difficile de juger sur papier, mais ne pouvaient nier qu'il y avait là matière à réflexion. Les livrets ornés de caractères hébreux écrits à l'encre rouge passaient de main en main. La moustache frémissante, Raspoutine les suivait des yeux. On était prêt à aider le chef des Célestins, oui, cet homme inspirait confiance, quel charme, quelle puissance de séduction, et soudain Thomas sentant les doutes de ses interlocuteurs se dissiper avait la naïveté d'en appeler à leur compréhension ; son ton changeait, il les suppliait de garder pour eux le secret de la Mort d'un Nénuphar. Les sourires se figeaient. On se taisait puis, l'effet de surprise passé, les spécialistes montaient sur leurs grands chevaux. Comment pouvait-on avoir l'insolence d'imaginer qu'ils cautionneraient un tel mensonge, pour qui prenait-on les lecteurs et les futurs auditeurs ? Au nom même du musicien que Thomas prétendait servir, son entreprise fut condamnée.

A double tour Thomas ferma sa porte. Blessés dans leur amour-propre, les critiques révisèrent leurs opinions. Cette Marche funèbre qu'ils disaient d'une beauté ineffable se transforma sous leurs plumes en une œuvre répétitive, laborieuse, et surtout affreusement banale. Le temps, en l'occurrence la chronologie chère à Raton, bousculait les perspectives. Le Nénuphar, lut-on encore, répondait à des engouements démodés. Par colonnes entières on cria au scandale. Une ou deux âmes généreuses avancèrent que le chef des Célestins avait été victime d'une illumination sincère — mais néanmoins inadmissible, s'empressaient-elles de souligner. Qui croire, que penser, à qui se fier si les compositeurs eux-mêmes se mettaient à jouer la carte du faux ? Et cela au sein de l'Eglise, éructait l'homme aux idées larges qui ne mâchait plus ses mots, ces traîtres laissent traîner leurs pédoncules dans nos fonts baptismaux, bientôt ils se feront circoncire sur nos autels, laveront leurs outils avec notre eau bénite, et après c'est nous qui essuyons, oui, nous qui supportons les conséquences de leurs mystifications — « car l'image de la foi, vous y pensez à la dignité de la foi ? » demandait encore l'homme qui l'avait mauvaise, l'homme qui avait le don d'envenimer les choses à la grande satisfaction de Médard et de quelques autres.

Les Célestins écœurés eurent la sagesse de ne pas répondre à ces provocations. Dialyse même se tut. De ce mouvement inquiétant ils ne retenaient qu'une question, une simple question qui, au-delà des insultes et peut-être de façon plus douloureuse, les plongeait dans un désarroi profond : comment leur concert pouvait-il avoir été sublime et deux années plus tard ne plus l'être ? Etait-ce bien les mêmes qui se réclamaient de la sacro-sainte vérité historique et soutenaient cette version des faits ? Les choristes avaient été émus par la Mort d'un Nénuphar, bouleversés à en pleurer, comme beaucoup de ceux qui les avaient entendus chanter ce soir-là. Quoi qu'on écrivît à son sujet, ils défendraient avec ferveur le souvenir de cette émotion.

Tel semblait être, tout du moins, le sentiment général des Célestins. A l'annonce publique de la mystification il y eut bien quelques réflexions divergentes. Les Postiches, toujours prêts à exhumer un cadavre, murmuraient que l'attitude de Thomas Morhange n'avait pas été étrangère au suicide de Raton et à l'internement de Médard, tandis que les Tricoteuses, qui avaient pour habitude de passer d'un rang à l'autre sans sauter de mailles, disaient qu'elles comprenaient (sans l'adopter) le point de vue des journalistes. L'Albinos également lança quelques pierres, mais pourtant tous, sans exception, attendirent la retransmission du concert avec une égale impatience, une même passion.

Enfin le soir tant espéré arriva. On avait prévenu les voisins, les amis, la famille et les connaissances, bien à l'avance on avait installé les sièges autour du poste de radio et encore il fallut patienter. A l'heure dite on croisa les doigts, comme si cela pouvait impressionner la bande magnétique. A l'heure dite, Florence serra la main de Noé. Ce jeune homme long, ce jeune garçon qui devenait un homme l'embrassa. Une voix calme présentait la Marche funèbre, une œuvre de Thomas Morhange commémorant le centenaire de la mort d'Alkan, interprétée par le chœur des Célestins sous la direction de l'auteur en l'église Saint-Léonard de Paris.

Florence et Noé s'allongèrent par terre, à côté du lit. Sans le caoutchouc, la pièce paraissait immense. La voix rappelait maintenant la vie du musicien disparu, puis évoqua l'existence d'un fils naturel, pianiste qui connut en son temps un certain succès, non seulement à cause de son talent, mais aussi parce qu'il possédait cent vingt et un perroquets et était devenu à cause — ou en dépit de cela — l'amant de Mme Bizet.

Du salon s'éleva une exclamation, suivie d'un rire un peu tombant. C'était Dialyse. Jean n'en finissait pas de régler le son de ses appareils. L'alto venait pour la première fois chez lui, et bien qu'il l'eût rencontrée à maintes reprises depuis le départ de sa femme, il rougissait aujourd'hui comme un débutant. L'appartement n'avait guère changé. Nouche était là tous les jeudis qui soignait ses plantes, Nouche adorée, elle emmenait Noé au cinéma le dimanche pendant que lui-même s'occupait du petit Valentin, mais elle vivait maintenant avec Thomas Morhange. Parfois, en fin d'après-midi, elle reprenait son violoncelle. C'eût été triste si l'enfant n'avait pas été gai. Il passait des bras de Thomas à ceux de Jean avec un égal bonheur, sans que l'on pût déterminer encore lequel était qui, du père et du parrain. Il ressemblait surtout à sa mère, quoique au dire de Médard il eût une forme de crâne bien spéciale que dissimulait fort heureusement une masse somptueuse de boucles brunes.

A l'instant où le présentateur finissait d'évoquer l'étrange destin de la famille Morhange, Valentin se mit à geindre en secouant les montants de son lit de bois. Nouche lui avait installé une chambre dans la pièce où étaient conservées les partitions d'Alkan. Il était convenu que les archives du compositeur seraient transférées à la Bibliothèque nationale. Thomas se leva in extremis pour aller chercher l'enfant avant que ne commence la retransmission du concert. Il le posa sur les genoux nus de Nouche alors que dans l'église se faisait le silence. L'estrade grinça, « tu entends, souffla Thomas, c'est l'estrade qui grince ». Il se souvenait de ce bruit et fut pris d'un léger vertige, les bras levés il sentit la présence de l'Albinos, quelque part dans Paris, ses yeux rouges fixant un haut-parleur, ou un point précis de son frac, et lui qui se répétait : « A droite la mesure, à gauche les nuances. »

Valentin se blottit contre sa mère, il était si gracieux lorsqu'il s'abandonnait ainsi, et le premier accord s'éleva, à peine perceptible, interminable — combien d'auditeurs regardèrent leur poste d'un air inquiet, combien de choristes sentirent monter en eux la vibration de cette note, retenue et pourtant généreuse, comme un souffle de vent, murmurait Thomas pendant les répétitions, comme un bébé qui dort...

Quelque part près de la Marne, dans le réfectoire fraîchement repeint d'une maison de repos, Médard en rajustant sa pochette affirmait que c'était normal, la

Marche funèbre débutait de cette façon, un serpent qui glisse dans l'herbe, très doucement. Il avait obligé tous les pensionnaires valides, jusqu'aux plus sourds, à descendre pour écouter le concert des Célestins. Lui aussi battait la mesure. A la première table, les religieuses en blouses blanches l'observaient d'un air recueilli. Elles lui devaient beaucoup, et même si à tour de rôle il les avait terrorisées, toutes appréciaient à sa juste valeur son sens de l'organisation.

Depuis la mort de Raton, Médard avait gagné en diplomatie. Près de la Marne, il se sentait bien. Il aimait cette bâtisse vieillotte, ses balcons, son chat en porcelaine sur le toit et par-dessus tout ses habitants qui au moindre changement de temps se plaignaient de leurs rhumatismes.

« Je suis entré dans l'hygromètre, se disait-il, un hygromètre grandeur nature ! » Cette idée le fascinait.

En outre, la multiplication des petites sœurs, plus dévouées les unes que les autres, lui offrait un champ d'action d'une merveilleuse variété. Il n'avait aucune envie de partir, aussi avait-il su se rendre indispensable au fonctionnement même de l'institution, réparant aux yeux de chacun ce qu'en cachette il avait détruit — prises arrachées, patères pendantes, murs souillés de graffiti obscènes qui lui permettaient de déployer ses talents de bricoleur tout en nourrissant la bête hideuse qui vivait en lui. Animé par ce besoin impérieux de domination, il avait également pris en charge de façon bénévole l'organisation du club de loisirs des pensionnaires permanents. Poker menteur et badminton pour les plus vaillants, lectures et tournois de dominos pour les autres, chorale pour tous, le lundi, activité qui remportait le soutien massif de la communauté des anciens. Le répertoire comportait beaucoup de comptines et quelques chansons paillardes, puisque telles étaient les rengaines qui laissaient dans les mémoires de chacun des traces impérissables.

On se rappelait les gestes autant que les paroles, sur le bout des doigts, à quatre voix chevrotantes on chantait et Médard, pour avoir tant d'années assisté aux répétitions de Thomas, dirigeait tout cela sans s'inquiéter de la justesse, mais avec une autorité surprenante.

Il y avait quelque chose de terrible à voir ces corps douloureux entonner en tremblant les hymnes de leur jeunesse. De terrible, et de magnifique parfois, lorsque de très loin surgissaient les souvenirs, une forêt que l'on croyait oubliée, une cour de récréation, un chemin, et que les visages s'illuminaient.

Une section dissidente se réunissait le mercredi, des hommes seulement, qui se spécialisaient dans les refrains militaires. Ils les interprétaient debout, en canon ou à l'unisson et toujours à tue-tête. Les sœurs parfois restaient dans le couloir à écouter les répétitions. Le chef s'emportait souvent. « C'est un être impulsif, commentaient-elles, mais tellement serviable. » L'ancien administrateur exagérait un peu, enfin l'homme souffrait et l'archevêché payait régulièrement sa pension, on ne pouvait pas lui en vouloir après ce que les Célestins lui avaient infligé. Elles ne connaissaient que la version de l'ancien administrateur, qui leur avait donné du chœur l'image d'un affreux marais déguisé en plateau à vaches. On s'y enfonçait d'autant plus aisément que l'herbe y était verte, bien grasse. Thomas en berger diabolique régnait sur ce monde avec tout le talent qu'on lui connaissait. C'était lui, toujours d'après Médard, le responsable de la conspiration qui avait poussé l'administratrice à se suicider.

Ce geste le hantait. Il lui arrivait de se réveiller en pleine nuit et d'appeler Raton, des hurlements, il pouvait tout casser si on ne venait pas. Il parlait alors de sa sœur perdue, jusqu'à l'aube il aurait parlé de son Rat frileux. On lui faisait sa piqûre, elle était brave, répétait-il, mais tellement bornée, capable de toutes les bassesses, par dévouement, et sa voix se perdait dans son sommeil.

Hier encore, Médard évoquait la mémoire de Raton. Elle aurait aimé assister à ce concert du 1er avril, disait-il, s'occuper de la caisse, à l'entrée vendre les programmes, puis lire les journaux et voir la vérité triompher. C'était en son honneur qu'il avait organisé cette veillée autour du poste de radio. Habituellement, à cette heure-ci, tout le monde était déjà couché.

A quelques kilomètres de là, Yoghourt recevait également. Elle avait invité les six Tricoteuses. L'ancien Chanteur à la Croix de Bois, seul homme parmi ces dames empressées, regardait d'un drôle d'air le frétillement de leurs aiguilles. Valentin grandissait, c'était à celle qui lui offrirait le plus beau manteau pour l'hiver, la plus jolie couverture — et voyez donc ces petites moufles, ne sont-elles pas trop mignonnes ?

Dans le salon de Jean, Dialyse écoutait religieusement la musique, les yeux fermés, elle savourait chaque note, chaque nuance. Jean aurait aimé lui faire partager sa joie : il lui semblait reconnaître parmi les basses la voix de son fils.

« Vous entendez, lâcha-t-il enfin entre deux mouvements, c'est Noé qui chante ! »

Dialyse lui prit la main et sourit. Elle-même crut distinguer le timbre un peu faux de la pianiste parmi les sopranos. La pianiste au visage lunaire qui, seule sur son canapé, pensait encore à l'Albinos. Elle préparait un récital pour le printemps suivant, un hommage au compositeur Alkan, dédié à Thomas Morhange. Il s'agissait d'une surprise, Nouche lui avait transmis en cachette les partitions qui l'intéressaient. Peut-être l'Albinos assisterait-il à la soirée.

Nouche caressait les cheveux de Valentin. Il était dans mon ventre le jour du concert, songea-t-elle, mon enfant, mon bébé. Demain, se dit-elle encore, il faudra que j'aille rendre visite à Médard.

L'ancien administrateur s'arrangeait d'une fois sur l'autre pour maintenir la pression du chantage. « Je raconterai à Noé l'histoire du gnome barbu, menaçait-il, et celle du combiné de bakélite, la porte fermée, je vais être obligé d'en arriver là si vous refusez de me comprendre... »

Alors, Nouche comprenait. Presque chaque mois elle venait le voir, sans toutefois lui faire ces choses qui brouillent les rouges à lèvres, puisque les désirs de Médard se portaient à présent vers des manipulations de moindre exigence. Sans honte et soigneusement maquillée elle affrontait le regard inquisiteur des petites sœurs.

Un jour, Nouche avait été obligée d'emmener Valentin. Elle rougissait encore à l'évocation de cette scène, Médard pinçait les joues du nourrisson, très gentiment, il le pinçotait...

Un tonnerre d'applaudissements tira Nouche de ses pensées. Le concert était terminé. Raspoutine sauta sur le bras du fauteuil. Valentin se réveilla, il faillit pleurer, mais Thomas lui fit une grimace si drôle qu'il suspendit ses larmes, pencha la tête, plongea sa petite main dans la fourrure du chat et, enfin, éclata de rire.

DU MÊME AUTEUR

Aux Éditions Gallimard

SIRÈNE

LA GIRAFE

ANATOMIE D'UN CHŒUR

L'HYPNOTISME À LA PORTÉE DE TOUS

Aux Éditions Balland/Maison des écrivains

MINA PRIŠH (dans LE VOYAGE À L'EST)

COLLECTION FOLIO

Dernières parutions

2321. Serge Gainsbourg — *Mon propre rôle, 1.*
2322. Serge Gainsbourg — *Mon propre rôle, 2.*
2323. Thomas Bernhard — *Le neveu de Wittgenstein.*
2324. Daniel Boulanger — *Mes coquins.*
2325. Albert Camus — *La mort heureuse.*
2326. Didier Daeninckx — *Le facteur fatal.*
2327. Jean Delay — *Avant Mémoire I.*
2328. Romain Gary — *Adieu Gary Cooper.*
2329. Alfred de Vigny — *Servitude et grandeur militaires.*
2330. Patrick Modiano — *Voyage de noces.*
2331. Pierre Moinot — *Armes et bagages.*
2332. J.-B. Pontalis — *Loin.*
2333. John Steinbeck — *La coupe d'or.*
2334. Gisèle Halimi — *La cause des femmes.*
2335. Khalil Gibran — *Le Prophète.*
2336. Boileau-Narcejac — *Le bonsaï.*
2337. Frédéric H. Fajardie — *Un homme en harmonie.*
2338. Michel Mohrt — *Le télésiège.*
2339. Vladimir Nabokov — *Pnine.*
2340. Vladimir Nabokov — *Le don.*
2341. Carlos Onetti — *Les bas-fonds du rêve.*
2342. Daniel Pennac — *La petite marchande de prose.*
2343. Guy Rachet — *Le soleil de la Perse.*
2344. George Steiner — *Anno Domini.*
2345. Mario Vargas Llosa — *L'homme qui parle.*
2347. Voltaire — *Zadig et autres contes.*

2348. Régis Debray — *Les masques.*
2349. Diane Johnson — *Dashiell Hammett : une vie.*
2350. Yachar Kemal — *Tourterelle, ma tourterelle.*
2351. Julia Kristeva — *Les Samouraïs.*
2352. Pierre Magnan — *Le mystère de Séraphin Monge.*
2353. Mouloud Mammeri — *La colline oubliée.*
2354. Francis Ryck — *Mourir avec moi.*
2355. John Saul — *L'ennemi du bien.*
2356. Jean-Loup Trassard — *Campagnes de Russie.*
2357. Francis Walder — *Saint-Germain ou la négociation.*
2358. Voltaire — *Candide et autres contes.*
2359. Robert Mallet — *Région inhabitée.*
2360. Oscar Wilde — *Le Portrait de Dorian Gray.*
2361. René Frégni — *Les chemins noirs.*
2362. Patrick Besson — *Les petits maux d'amour.*
2363. Henri Bosco — *Antonin.*
2364. Paule Constant — *White spirit.*
2365. Pierre Gamarra — *Cantilène occitane.*
2366. Hervé Guibert — *À l'ami qui ne m'a pas sauvé la vie.*
2367. Tony Hillerman — *Le peuple de l'ombre.*
2368. Yukio Mishima — *Le temple de l'aube.*
2369. François Salvaing — *De purs désastres.*
2370. Sempé — *Par avion.*
2371. Jim Thompson — *Éliminatoires.*
2372. John Updike — *Rabbit rattrapé.*
2373. Michel Déon — *Un souvenir.*
2374. Jean Diwo — *Les violons du roi.*
2375. David Goodis — *Tirez sur le pianiste !*
2376. Alexandre Jardin — *Fanfan.*
2377. Joseph Kessel — *Les captifs.*
2378. Gabriel Matzneff — *Mes amours décomposés (Journal 1983-1984).*
2379. Pa Kin — *La pagode de la longévité.*
2380. Robert Walser — *Les enfants Tanner.*
2381. Maurice Zolotow — *Marilyn Monroe.*
2382. Adolfo Bioy Casares — *Dormir au soleil.*
2383. Jeanne Bourin — *Les Pérégrines.*

2384. Jean-Denis Bredin — *Un enfant sage.*
2385. Jerome Charyn — *Kermesse à Manhattan.*
2386. Jean-François Deniau — *La mer est ronde.*
2387. Ernest Hemingway — *L'été dangereux (Chroniques).*
2388. Claude Roy — *La fleur du temps (1983-1987).*
2389. Philippe Labro — *Le petit garçon.*
2390. Iris Murdoch — *La mer, la mer.*
2391. Jacques Brenner — *Daniel ou la double rupture.*
2392. T.E. Lawrence — *Les sept piliers de la sagesse.*
2393. Pierre Loti — *Le Roman d'un spahi.*
2394. Pierre Louÿs — *Aphrodite.*
2395. Karen Blixen — *Lettres d'Afrique, 1914-1931.*
2396. Daniel Boulanger — *Jules Bouc.*
2397. Didier Decoin — *Meurtre à l'anglaise.*
2398. Florence Delay — *Etxemendi.*
2399. Richard Jorif — *Les persistants lilas.*
2400. Naguib Mahfouz — *La chanson des gueux.*

Impression Bussière à Saint-Amand (Cher),
le 31 août 1992.
Dépôt légal : août 1992.
Numéro d'imprimeur : 1096.
ISBN 2-07-038540-X./Imprimé en France.

57417